Jacques BLANC   Jean-Michel CARTIER

SCÉNARIOS PROFESSIONNELS

1

Livret d'exercices

CLE international

27, rue de la Glacière – 75013 Paris
Vente aux enseignants :
16, rue Monsieur-le-Prince – 75006 Paris

Sommaire

Dossier 1 3

Dossier 2 4

Dossier 3 6

Dossier 4 8

Dossier 5 9

Dossier 6 12

Dossier 7 14

Dossier 8 15

Dossier 9 17

Dossier 10 19

Dossier 11 21

Dossier 12 23

Dossier 13 26

Dossier 14 29

Dossier 15 31

Dossier 16 33

Dossier 17 36

Dossier 18 39

Dossier 19 41

Dossier 20 44

Dossier 21 46

Dossier 22 49

Dossier 23 52

Dossier 24 54

Transcription 58

Lexique 65

Sur la cassette individuelle, on trouvera : des **exercices oraux** (2 ou 3 par dossier à partir du dossier 2) et un **scénario (exercice d'écoute)** extrait du livre de l'élève.

Édition : Corinne BOOTH-ODOT
Maquette et mise en pages : Joseph DORLY

© Éditions CLE International – Nathan, Paris 1994. ISBN 2.09.336506.8

Dossier 1

1. « Je », « il », « elle » ou « vous » ? Retrouvez le pronom correct.

.... êtes

.... suis

.... connaissez

.... m'appelle

.... cherchez

.... connaît

.... est

.... cherche

.... connais

.... vous appelez

.... s'appelle

.... connaissez

2. Complétez les verbes.

a. – Excusez-moi, je cherch...... la société Jarre SA. Vous conna...... la société Jarre SA ?

– Je ...... désolée, je ne conna...... pas la société Jarre SA.

b. – Elle s'appel...... Marie Rudiffe. C'...... la directrice.

– Moi, je m'appel...... John Smith, et je ...... directeur de la BLO Ltd.

– Pardon ? Vous vous appel...... comment ?

– John Smith.

– Ah ! Vous ...... John Smith ! Enchanté de vous connaître !

3. Masculin (M) ou féminin (F) ?

	M	F
Elle s'appelle…		✗
Désolé !		
monsieur…		
Enchantée !		
directeur…		
C'est lui.		
mademoiselle…		
Très heureuse !		

4. Complétez. Il manque les pronoms personnels.

a. Bonjour ! ......, ... s'appelle Jacques Rocher ; ......, ... s'appelle Jacqueline Barrat, et ......, ... m'appelle Pierrette Jendron. Et ......, ... vous appelez comment ?

b. Madame Juillet, c'est ...... ? Et Monsieur Kir, c'est ...... ?

c. – Excusez-moi, ... êtes bien Mademoiselle Mardet ?

– Oui, c'est ......, ... m'appelle Jeanne Mardet.

5. Retrouvez les bons mots.

mada •   • lée

made •   • don

déso •   • ciété

bon •   • moiselle

so •   • me

par •   • jour

pré •   • nom

6. Retrouvez les bonnes phrases. Il manque les espaces et la ponctuation.

a. Jesuisdésolé → *Je suis désolé !* ....

b. Elleesttrèsheureusedevousconnaître → ....

c. Cestluiledirecteurdelasociété → ....

d. Vousêtesbienmademoiselle Monnot → ....

Dossier 2

1. Complétez les verbes.

– Pardon, je p...... parler à Madame Damiet ?

– Non, vous ne p...... pas : elle n'...... pas là. Mais je p...... prendre un message pour

elle. Vous ê...... monsieur... ?

– Je m'appel...... Durand, de l'entreprise Durand et Fils.

– Ah, M. Paul Durand ?

– Non, moi, je ...... Jacques Durand !

– Ah, excus......-moi, monsieur ! Et vous laiss...... quel message ?

– Pas de message : je rappe...... .

2. Non ! Répondez avec la négation.

a. Vous cherchez le directeur ? → *Non, je ne cherche pas le directeur.* ....

b. Elle est enchantée ? → *Non,* ....

c. Vous voulez téléphoner ? → ....

d. Vous comprenez ? → ....

e. Vous pouvez rappeler ? → ....

f. Vous vous appelez Marie Martin ? → ....

3. Quel est le bon « quel » ? « Quel, quelle, quels » ou « quelles » ?

a. Elle est la directrice de *quelles* sociétés ?   **b.** Vous voulez laisser .... message ?

c. .... est votre numéro de téléphone ?   **d.** Elle est dans .... entreprise ?

e. Il veut .... renseignements ?   **f.** Ils sont dans .... bureaux ?

g. Vous voulez parler à .... Martin ? Marc ou Marie ?

4. Retrouvez les bonnes phrases.

Jevousenprie ⟶ ....

Estcequevouspouvezrappeler ⟶ ....

Cestdelapartdequi ⟶ ....

Quelestlenumérodetéléphonedelentreprise ⟶ ....

5. Complétez le dialogue avec une formule de politesse.

– Allô ?

– .... Je voudrais parler à Madame Martin, ...

– .... ? Avec madame... ?

– Madame Martin.

– Ah, Madame Martin ! Un instant, ... ! .... , elle n'est pas là. Vous voulez laisser un message ?

– Oui, ...

– Quel est votre message ?

– Est-ce qu'elle peut me rappeler au 12 34 54 61 ?

– ....

6. Quel est le numéro de son poste ?

a. ....   **d.** ....

b. ....   **e.** ....

c. ....   **f.** ....

7. Vrai ou faux ?

	Vrai	Faux
a.	✗	
b.		
c.		
d.		

11 + 13 = 24

	Vrai	Faux
e.		
f.		
g.		

a. ....

b. ....

c. ....

d. ....

e. ....

f. ....

Dossier 3

1. Complétez avec l'article « un / une » et « le / l' / la ».

un/ *l'*accent aigu.

.... numéro   .... question

.... entreprise   .... message

.... trait d'union   .... alphabet

.... renseignement   .... directrice

.... bureau   .... nombre

.... cédille

2. Complétez le dialogue avec les mots suivants :

avec – ça – désolé – instant – je – pardon – parler – part – pas – passe – vous.

– Allô, ... voudrais .... à Madame Eberlé. Est-ce qu'elle est là ?

– .... ? Madame qui ?

– Madame Éberlé, s'il .... plaît.

– Un .... , je vous la .... C'est de la .... de qui ?

– Louis Kerhir.

– .... QU et deux R ?

– Non, ... s'écrit K, E, R, H, I, R.

– ... Allô ? .... , elle n'est .... là, monsieur.

3. Complétez les questions. Il manque les mots interrogatifs.

a. Vous vous appelez .... ?

b. .... vous pouvez répéter ?

c. Vous voulez parler à .... ?

d. .... ça s'écrit ?

e. Je vous passe .... ?

f. .... je prends un message ?

g. Vous voulez .... renseignements ?

4. Faites correspondre.

a. Bien	**1.** aigu.
b. Ne	**2.** cédille.
c. Un accent	**3.** part de qui ?
d. Avec un	**4.** d'union.
e. Je vous	**5.** plaît !
f. C	**6.** sûr !
g. De la	**7.** accent
h. Un trait	**8.** quittez pas !
i. Vous pouvez	**9.** passe Merlin.
j. S'il vous	**10.** répéter ?

5. Quel est le numéro de son bureau ?

a. ....   **e.** ....

b. ....   **f.** ....

c. ....   **g.** ....

d. ....

6. Il/elle s'appelle comment ? Écrivez le nom.

a. ....   **d.** ....

b. ....   **e.** ....

c. ....   **f.** ....

7. Quel est son nom ? son numéro de téléphone ?

a. ....   **d.** ....

b. ....   **e.** ....

c. ....   **f.** ....

Dossier 4

1. Complétez avec les verbes « avoir » ou « être ».

a. J'........ une usine à Lyon et une à Toulouse.

b. Je .... enchanté !

c. Nous .... partenaires.

d. Nous .... 356 employés dans l'usine.

e. Vous .... la directrice ?

f. Vous .... un message de Madame Durand.

g. Elle .... là.

h. Il n'........... pas de bureau.

2. Conjuguez les verbes.

a. Nous .... votre message. *(prendre)*

b. Nous vous .... *(rappeler)*

c. Vous .... M. Guy Duruis ? *(connaître)*

d. Nous vous .... *(comprendre)*

e. Vous .... des véhicules ? *(produire)*

f. Vous .... votre nom ? *(épeler)*

3. « Son » ou « sa » ?

..... effectif ..... usine ..... téléphone ..... directeur

..... production ..... point de vente ..... société ..... directrice

..... chiffre d'affaires ..... employée ..... message ..... question

4. Complétez avec un mot interrogatif.

a. Vous avez .... d'employés ?

b. .... est votre chiffre d'affaires ?

c. Vous produisez .... par an ?

d. .... vous comprenez ?

e. Vous téléphonez à .... ?

f. Vous produisez .... dans l'usine ?

g. Vous avez .... chiffre d'affaires ?

h. .... y a-t-il de stagiaires dans votre entreprise ?

5. Retrouvez les bons mots.

a. sta	**1.** tion
b. em	**2.** giaires
c. dyna	**3.** faires
d. rensei	**4.** nes
e. af	**5.** mique
f. produc	**6.** ployés
g. usi	**7.** gnements

6. Quel est son numéro de téléphone ?

a. . . . .   **d.** . . . .

b. . . . .   **e.** . . . .

c. . . . .

7. Complétez le tableau.

	Nom	Nombre de points de vente ou d'usines	Effectif	Chiffre d'affaires (millions de francs)
a.	. . . .	. . . .	. . . .	. . . .
b.	. . . .	. . . .	. . . .	. . . .
c.	. . . .	. . . .	. . . .	. . . .
d.	. . . .	. . . .	. . . .	. . . .
e.	. . . .	. . . .	. . . .	. . . .

Dossier 5

1. « Un, une » ou « des » ? Trouvez le bon article.

. . . . . . ville.   . . . . . . filiales.

. . . . . . travail.   . . . . . . langues.

. . . . . . superficie.   . . . . . . messages.

. . . . . . villes.   . . . . . . filiale

. . . . . . langue.   . . . . . . Française.

2. « Le, l', la, les » ? Trouvez le bon article.

..... Autriche ..... bureaux ..... effectifs ..... années.

..... employés ..... employée ..... question ..... téléphone.

..... entreprise ..... renseignement ..... entreprises ..... Italie.

3. Trouvez les verbes et conjuguez-les.

a. Elles .... étrangères.

b. Quel .... votre travail ?

c. Ils .... Paul et Jacques, et ils .... bien allemand et anglais.

d. Elles ne .... pas de message.

e. Les Mexicains .... espagnol.

f. Dans l'usine de Montpellier, ils .... des véhicules.

g. Ils .... le téléphone, bien sûr !

h. Elles .... enchantées.

4. « En, au, aux » ? Trouvez la bonne préposition.

..... Suède ..... France. ..... Italie ..... Royaume-Uni

..... Canada ..... États-Unis ..... Europe ..... Allemagne

..... Espagne ..... Pays-Bas ..... Grèce ..... Grande-Bretagne

..... Maroc ..... Portugal ..... Chine ..... Japon

5. Lisez le dialogue, puis présentez l'entreprise.

– Comment s'appelle votre entreprise ?

– La Société Rochois-France.

– Vous êtes une entreprise française ?

– Non, suisse. Nous sommes dans la chimie. Vous ne connaissez pas notre société ?

– Non, excusez-moi, je ne la connais pas. Vous avez une usine ici, à Grenoble ?

– Oui, et une autre à Bordeaux. Nous avons aussi une filiale en Italie, avec 2 usines.

– Pas d'usine en Suisse ?

– Si, bien sûr, une. Nous avons 3 000 employés en Europe.

– Et quelle est votre langue de travail ?

– Allemand et français.

→ *La société Rochois a son siège social* ....

....

6. « Du, de la » ou « des » ? Écrivez le groupe de mots.

a. filiales + société → les filiales de la société.

b. superficie + pays → ....

c. capitale + France → ....

d. travail + employés → ....

e. habitants + Grande-Bretagne → ....

f. superficie + Italie → ....

g. production + sociétés → ....

h. directeur + usine → ....

7. Retrouvez les bonnes phrases.

a. LacapitaledelaTurquiesappelleAnkara → ....

b. IlsontcinqfilialesdanslespaysdEurope → ....

c. Quelleestlasuperficiedevotrepays → ....

d. Ilyacombiendemployésdansvotrefilialeaméricaine → ....

8. Masculin (M) ou féminin (F) ?

	M	F	?
a.			
b.			
c.			
d.			
e.			

	M	F	?
f.			
g.			
h.			
i.			
j.			

9. Complétez le tableau.

Pays	Superficie	Nombre d'habitants
Argentine	....	....
Pologne	....	....
Suède	....	....
Norvège	....	....
Turquie	....	....
Chine	....	....

Dossier 6

1. Cochez la bonne solution.

	de	d'	
Je suis Elle est	✗	✗	Paris Orléans Rome Athènes Londres Oslo Asti Berlin Avignon

2. Non ! Répondez avec « ne... pas ».

a. Vous avez une secrétaire ? → *Non, je n'ai pas de secrétaire.*

b. Vous lui laissez un message ? ....

c. Il a une carte de visite ? ....

d. Elle a un travail ? ....

e. Ils présentent des produits ? ....

f. Ils ont une filiale aux Pays-Bas ? ....

g. Vous connaissez une société suisse ? ....

3. Trouvez les verbes et conjuguez-les.

a. Elles .... souvent ici pour leur travail ?

b. Ils .... du tourisme ici.

c. Vous .... agent d'assurances ?

d. Elles .... étrangères.

e. Je ne .... pas dans une entreprise, mais chez moi.

f. Ils .... d'accord.

g. Ils .... dans quelle branche ?

h. Il .... ici et il vous présente ses produits.

i. Vous .... chez moi ?

j. Ils ne .... pas d'ici.

4. « Son, sa, ses, leur » ou « leurs » ? Transformez selon le modèle.

a. profession/quelqu'un → *la profession de quelqu'un* → *sa profession*

b. clients/entreprises → *les* ....

c. langues/un pays ....

d. production/usines ....

e. capitales/pays de l'Union européenne ....

f. clients/commerçante ....

g. produits/société ....

h. entreprise/quelqu'un ....

i. habitants /Grenoble ....

5. Faites correspondre.

a. le chiffre	**1.** d'Amérique
b. une carte	**2.** de province
c. des points	**3.** d'assurances
d. les États-Unis	**4.** international
e. un agent	**5.** de vente
f. une ville	**6.** d'affaires
g. un siège	**7.** de visite
h. le commerce	**8.** social

6. Retrouvez les bonnes phrases.

a. Cestentendu → ....

b. Jevoudraisvousrencontrer → ....

c. Vousluitéléphonezàquelsujet → ....

d. Ilstravaillentdansunesociétéfrançaisedinformatique → ....

7. Masculin ou féminin ?

	Masculin	Féminin	?
a.			
b.			
c.			
d.			
e.			
f.			
g.			
h.			

8. « Ont » ou « sont » ?

	ont	sont
a.		
b.		
c.		
d.		
e.		
f.		
g.		
h.		

Dossier 7

1. Complétez la grille.

Infinitif		être			
je/j' vous elle ils nous	ai	êtes	font	voyagent	venons

2. Trouvez le bon verbe et conjuguez-le.

a. Ils . . . . combien de semaines de congés payés ?

b. Les magasins . . . . fermés le dimanche ?

c. Vous . . . . qui ?

d. Elles . . . . mercredi à 17 heures pour vous rencontrer.

e. . . . . -ce possible ? Ça . . . . ?

f. Je me . . . . Charles Martel, agent d'assurances.

g. Je . . . . d'accord pour vous rencontrer lundi.

h. Ils . . . . à quelle date ?

3. Retrouvez les bonnes phrases.

a. Estcequevousêteslibrevendredimatin → . . . .

b. Queljouretàquelleheurepouvezvousvenirici → . . . .

c. Nonjesuisdésolécenestpaspossible → . . . .

d. LesFrançaisontcinqsemainesdecongéspayés → . . . .

e. Désoléjenepeuxpasveniraurendezvousdejeudisoir → . . . .

4. Faites correspondre les questions et les réponses.

a. Le 15 à 15 heures ?

b. Je voudrais un rendez-vous avec lui.

c. C'est à quel nom ?

d. Elle est libre à 11 heures ?

e. Elle est occupée le 17 août ?

f. Le magasin est ouvert à 20 heures ?

g. Alors, à 17 heures ?

1. Non, il est fermé.

2. Non, elle est en congés.

3. Entendu, ça va.

4. Non, ils sont fermés le samedi.

5. Pour quand ?

6. Non, après 5 heures, ce n'est pas possible.

7. Martin, Jean-Claude Martin.

▶

h. Je viens à quelle heure ?

i. Quels sont vos horaires de travail ?

j. Les bureaux sont ouverts le 17 juin ?

8. Non, elle est en réunion.

9. Entre 4 heures et 5 heures.

10. Habituellement, de 8 heures à midi, et de 2 à 6.

🔊 *5. Notez les heures que vous entendez.*

a. . . . .　　**c.** . . . .　　**e.** . . . .　　**g.** . . . .

b. . . . .　　**d.** . . . .　　**f.** . . . .　　**h.** . . . .

🔊 *6. Répondez à la question.*

a. . . . .　　**c.** . . . .　　**e.** . . . .　　**g.** . . . .

b. . . . .　　**d.** . . . .　　**f.** . . . .　　**h.** . . . .

🔊 *7. Notez les dates que vous entendez.*

a. . . . .　　**c.** . . . .　　**e.** . . . .　　**g.** . . . .

b. . . . .　　**d.** . . . .　　**f.** . . . .　　**h.** . . . .

Dossier 8

1. Complétez les adjectifs.

a. Vous faites la journée contin. . . . . . ? Vous travaillez à temps compl. . . . . . ? Vous avez une gran. . . . . . journée de travail ?

b. La ville n'est pas très gran. . . . . . , c'est une peti. . . . . . ville.

c. Elle travaille un peti. . . . . . peu le samedi et n'est pas très occup. . . . . . .

d. C'est une question compliq. . . . . . , et elle vient pour une nouv. . . . . . rencontre.

e. Nous avons un nouv. . . . . . directeur, et il est très occup. . . . . . .

f. Les usines sont ferm. . . . . . le dimanche, et ouver. . . . . . du lundi au samedi.

g. C'est un très gran. . . . . . salon !

2. « Tous, toutes » ? Transformez selon le modèle.

a. Six fois par an ⟶ *Tous les 2 mois*

b. 7 jours sur 7 ⟶ . . . .

c. Une fois par semaine ⟶ . . . .

d. Le vendredi ⟶ . . . .

e. Deux fois par mois → ....

f. Douze fois par heure → ....

g. Le matin, à midi et le soir → ....

h. Quatre fois par mois → ....

3. Répondez par la négative.

a. Vous travaillez beaucoup ? → *Non, je ne travaille pas beaucoup./Nous ne travaillons pas beaucoup.*

b. Qu'est-ce que vous faites ? → ....

c. Vous allez souvent chez Elf ? → ....

d. Vous voyagez quelquefois ? → ....

e. Vous faites la journée continue ? → ....

f. Vous avez beaucoup de réunions ? → ....

g. Vous comprenez ? → ....

h. Vous restez longtemps ici ? → ....

4. Trouvez le bon verbe et conjuguez-le.

a. Ils .... au restaurant à midi, pendant la pause ?

b. Elles .... ici combien de temps ?

c. Tous les salons .... lieu à Paris ?

d. Les réunions .... combien de temps, habituellement ?

e. Ils .... quelquefois le directeur ?

f. Alors, ils .... d'accord ? Qu'est-ce qu'ils .... ?

g. Pourquoi est-ce qu'ils ne .... pas de pause à midi ?

h. Vous .... la nouvelle note de service ?

i. Quels .... les nouveaux horaires d'ouverture ?

j. Elle .... à la campagne dimanche ?

5. Faites correspondre ces réponses avec les questions de l'exercice 4.

1. Non, pas tous.

2. Parce que...

3. Non, jamais.

4. Une semaine, pour visiter la ville.

5. Rien.

6. Non, pas du tout.

7. Quelquefois, mais le déjeuner ne dure pas longtemps.

8. De 9h à 22 h.

9. Deux heures.

10. Non, mardi.

6. Masculin ou féminin ?

	M	F	?
a.			
b.			
c.			
d.			
e.			
f.			
g.			
h.			

7. Vrai (V) ou faux (F) ?

	V	F

a. Elle travaille à plein temps.

b. Elle fait la journée continue.

c. Le restaurant est ouvert en juillet.

d. La foire dure onze jours.

e. Il fait la journée continue.

f. Il reste 3 jours à Paris.

Dossier 9

1. Complétez la grille.

Infinitif		dire			
je/j'	vais				
vous		dites			
elle			sait		
ils				organisent	
nous					produisons

2. Complétez et répondez. « Ce, cet, cette, ces » ⟶ « le, l', la, les »

a. Vous visitez .*cette*. usine demain ? ⟶ *Oui, je la visite demain.*

b. Elle organise ....*cette*...... réunion ? ⟶ *Oui, elle* ....

c. Elles vont laisser .... message ? ....

d. Ils comprennent .... note de service ? ....

e. Vous envoyez .... lettre ? ....

f. Ils préparent .... congrès ? ....

g. Vous parlez .... langue ? ....

h. Vous connaissez .... employé ? ....

i. Il connaît .... employée ? ....

3. Cochez la bonne réponse.

a. Ça va ?
- ☐ C'est fermé.
- ☐ Très bien.
- ☐ Tout à l'heure.

b. Vous l'appelez bientôt ?
- ☐ Dans cinq minutes.
- ☐ À plein temps.
- ☐ Tous les matins.

c. Est-ce que c'est urgent ?
- ☐ Toute la nuit.
- ☐ Je suis prête.
- ☐ Je ne sais pas.

d. Vous pouvez faire ça tout de suite ?
- ☐ Je n'ai pas le temps.
- ☐ Pour quelle date ?
- ☐ Comment ça ?

e. C'est le destinataire ?
- ☐ Oui, c'est elle.
- ☐ Si, c'est lui.
- ☐ Non. Lui, il l'organise.

f. C'est un congrès ou un séminaire ?
- ☐ Ce n'est pas important.
- ☐ Ce n'est pas à l'étranger ?
- ☐ Ce n'est pas écrit sur le programme ?

4. Non ! Répondez et employez « le, la » ou « les ».

a. Vous avez le temps de visiter cette ville ? → *Non, je n'ai pas le temps de la visiter.*

b. Vous pouvez prendre mon message ? → ....

c. Il peut épeler son nom ? ....

d. Vous prenez votre repas du soir au restaurant ? ....

e. Vous connaissez les horaires d'ouverture ? ....

f. Vous appelez Madame Desfos ? ....

g. Vous savez prendre vos rendez-vous en français ? ....

h. Ils présentent bien leurs produits ? ....

5. Aujourd'hui, c'est le mardi 11 juin 1995, et il est 9 h 35. Répondez « oui » avec le futur proche (mais sans répéter l'heure ou la date).

a. Vous allez à la banque à 9 h 40 ? → *Oui, je vais aller à la banque dans 5 minutes.*

b. La réunion a lieu mercredi entre 14 h et 17 h ? → *Oui, elle* ....

c. Vous venez ici dans une semaine ? → ....

d. Vous pouvez faire ça avant dimanche ? → ....

e. Nous faisons la réunion dans deux jours à 10 ou 11 heures ? → ....

f. Je fixe la date exacte en juillet ? → ....

g. Maintenant, vous avez le temps ? → ....

6. Complétez la question. Il manque le mot (ou l'expression) interrogatif. Répondez ensuite librement.

a. .... est le destinataire de cette lettre ?/Cette lettre est pour .... ?

b. . . . . a lieu votre séminaire ?/Votre séminaire a lieu à . . . . date ?

c. Le congrès dure . . . . ?

d. . . . . vous êtes prêts ?

e. . . . . est-ce que c'est très compliqué ?

f. Dans . . . . vous allez fixer le programme ? Dans un mois ?

g. . . . . ne pouvez-vous pas fixer le programme tout de suite ? Ça ne va pas ?

📼 **7. Vrai ou faux ? Nous sommes le jeudi 12 octobre.**

	V	F
a. Elle vient le 13/10.		
b. Elle nous rappelle après-demain.		
c. Elle vient cet après-midi.		
d. Elle va faire ce travail le 16 octobre.		
e. Elle vient ce soir.		
f. Son magasin est fermé la semaine prochaine.		

Dossier 10

1. Mettez la préposition correcte : « à, au, à l', à la, aux ».

a. L'entrée du Salon est réservée . . . . . . professionnels, pas . . . . . . touristes !

b. Elles envoient une lettre . . . . . . leur client italien, ... Milan.

c. Je vais . . . . . . bureau, ... Lyon, tous les jours.

d. Je vais . . . . . . Salon ce matin, puis je retrouve mes collègues . . . . . . hôtel.

e. Il y a beaucoup de touristes . . . . . . banque, ... restaurant et . . . . . . musée.

f. . . . . . . campagne, ce n'est pas comme . . . . . . ville !

2. « De, du, d', de l', de la » ou « des » ?

a. Le directeur . . . . . . société et la directrice . . . . . . ventes travaillent beaucoup.

b. Il est 5 heures : elle vient . . . . . . réunion . . . . . . employés.

c. Le mois prochain, un grand nombre . . . . . . touristes vont venir . . . . . . tous les pays

d'Europe pour visiter notre nouveau musée . . . . . . musique.

d. Il ne vient pas . . . . . . ville, il vient . . . . . . campagne !

e. Cette lettre ne vient pas . . . . . . Espagne, ni . . . . . . Grèce, elle vient . . . . . . Pays-Bas !

f. Il téléphone . . . . . . bureau ou . . . . . . hôtel ?

3. « Lui/elle, eux/elles » ? Répondez aux questions.

a. Vous êtes chez vos amis, samedi ? → *Bien sûr, je vais être chez eux !*

b. C'est madame la directrice ? → ....

c. Vous allez chez ces commerçants ? → ....

d. Cette dame, c'est votre collègue ? → ....

e. Le destinataire de cette lettre, c'est notre client anglais ? → ....

f. Vous avez rendez-vous avec les Allemandes ? → ....

4. Répondez en utilisant « y ».

a. Vous allez en Irlande le mois prochain ? → *Oui, j'y vais/nous y allons.*

b. Vous allez rencontrer quelqu'un au Salon ? → ....

c. Vous venez dans la salle de réunion ? → ....

d. Vous devez rester à l'hôtel ? → ....

e. Ils peuvent avoir rendez-vous au café ? → ....

f. Elles vont travailler dans notre filiale américaine ? → ....

5. Répondez « non », et utilisez «y, lui, eux... ».

a. Vous allez au café avec votre ami ? → *Non, j'y vais sans lui / je n'y vais pas avec lui.*

b. Vous venez avec moi au Salon ? → ....

c. Cet été, vous voyagez en Norvège avec vos amis ? → ....

d. Vous allez quelquefois au cinéma avec vos collègues ? → ....

e. Au bureau, vous travaillez avec cette dame ? → ....

f. Avec vos clients, vous allez au musée ? → ....

g. Je viens chez vous avec Mme Legrand, cet après-midi ? → ....

6. Le verbe est-il au singulier (S) ou au pluriel (P) ?

	S	P	?
a.		X	
b.			
c.			
d.			
e.			
f.			
g.			
h.			
i.			
j.			

Elles envoient une lettre.

7. Est-ce que la réponse est correcte ? Si elle ne l'est pas, proposez une bonne réponse.

	Correcte	Incorrecte

a. Au revoir, monsieur.

b. On y va ensemble ?

c. Je viens vous prendre ce soir ?

d. Comment allez-vous ?

e. On se retrouve à votre hôtel ?

f. Vous venez au Salon avec moi ?

g. Vous y allez quand ?

h. Vous y allez sans moi ?

Dossier 11

1. « Le / la / l' /les » ? « Du / de l'/de la / des » ?

a. La compagnie d'assurances est à côté ...... banque.

b. Le cinéma se trouve derrière ...... café.

c. Le café est à côté ...... restaurant.

d. Le restaurant est à droite ...... hôtel.

e. L'hôtel se trouve entre ...... atelier et ...... entrepôt ...... société Guerrin.

f. Le pont se trouve après ...... rue de la gare.

g. Mon bureau est au 2e étage, à gauche ...... porte d'entrée de la salle de réunions.

2. Complétez avec « c'est/il y a » et avec l'article défini (« le/la/l'/les ») ou indéfini (« un/une/des »).

J'habite à Grenoble. En face de mon bureau, ... banque. .... Banque de France. Derrière .... banque, ... parking, ... parking des employés de ...... banque. À droite de ce parking, ... Bureau du tourisme de Grenoble. .... grand bâtiment de 5 étages. Devant ...... entrée principale du Bureau du tourisme, ... place, ... place Victor-Hugo. Sur ...... place, entre ...... rue Thiers et ...... avenue Gambetta, ... grand magasin : .... Nouvelle Halle. Devant ...... grand magasin, ... toujours ...... taxis.

21

3. Quel dialogue ! L'ordre des questions est correct, trouvez les réponses.

a. Pardon madame, vous êtes d'ici ?

b. Vous connaissez la société Bâtim ?

c. Il y a combien de personnes qui travaillent dans cette entreprise ?

d. Et qu'est-ce qu'ils fabriquent ?

e. Vous connaissez leur adresse ?

f. Mais ils n'ont pas d'atelier ?

g. Oui. Il se trouve où ?

h. Et les entrepôts sont là, aussi ?

i. Merci beaucoup.

1. C'est une boîte postale.

2. Oui, à côté.

3. C'est simple : aux derniers feux, vous prenez à droite.

4. Ici, tous les gens la connaissent.

5. Je ne sais pas exactement.

6. Je vous en prie.

7. Des portes.

8. Pourquoi ? Vous devez y aller ?

9. Oui.

4. « Où » ou « qui » ?

a. Les gens . . . . . . vont là doivent prendre un taxi.

b. Vendredi soir, c'est le soir . . . . . . je vais au cinéma.

c. Les gens n'habitent pas là . . . . . . ils travaillent.

d. Prenez l'escalier . . . . . . se trouve à droite de la porte.

e. C'est une question . . . . . . est compliquée !

f. Le parking . . . . . . se trouve ma voiture est derrière l'atelier.

g. Là . . . . . . j'habite, il n'y a pas de gare.

h. C'est l'endroit d'. . . . . . je viens.

i. L'avenue . . . . . . traverse la zone industrielle est aussi l'avenue . . . . . . j'habite.

5. Ça se trouve où ?
Regardez bien la carte de Triffouillis. Vous êtes en 3, au bureau du tourisme (le syndicat d'initiative). Indiquez à quel numéro correspondent :

la compagnie d'assurances. ☐

la banque. ☐

le grand magasin. ☐

le Café de la Poste. ☐

les entrepôts Givex. ☐

le cinéma. ☐

l'Hôtel de la Poste. ☐

le restaurant « Chez Louis ». ☐

l'usine Givex. ☐

le Musée de la musique. ☐

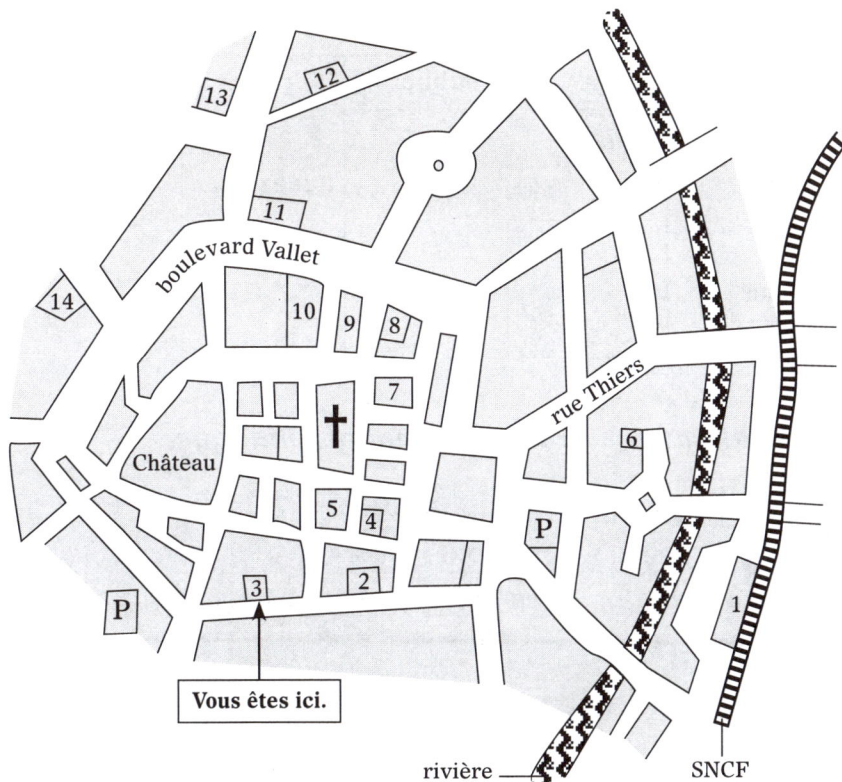

boulevard Vallet

rue Thiers

Château

Vous êtes ici.

rivière

SNCF

6. C'est à quel endroit ?

Écrivez un petit texte, avec au moins trois fois « c'est » et trois fois « il y a ».
(Vous pouvez utiliser la carte de Trifouillis.)

....

....

🎞 7. Où est-ce qu'elle va ?

Elle part de la gare (n°1, à droite sur la carte de Trifouillis). Placez sur la carte
l'endroit où elle va.

....

....

Dossier 12

1. « En/au » ? Complétez les phrases.

a. Cet été, je vais ...... Portugal ...... voiture.

b. ...... Allemagne, c'est l'hiver ...... janvier.

c. ...... hiver, je vais ...... bureau ...... taxi.

d. Cet hiver, ... février, je vais ...... Suède ...... train.

e. ...... nord de l'Europe, l'été ne dure pas longtemps.

2. Complétez la grille.

Infinitif		oublier				
je/j' vous elle ils nous on	fête		tenez	répond	se perdent	espérons

3. Invitations (1). Trouvez le mot qui manque.

a.

Électromécanique SA, 115, avenue du Général-Mangin

Pour fêter .... 10 000ᵉ client, nous .... le plaisir de vous inviter .... une réception, à notre .... social, le mardi 23 octobre à .... de 17 heures. RSVP.

b.

Électromécanique SA, 115, avenue du Général-Mangin

La Direction vous .... à participer à une .... d'information sur la grande réception .... les clients, le 23 octobre. La réunion a .... le 22 septembre à 14 heures, ... la salle de réunion du 3ᵉ étage.

c.

Nous .... que .... pouvez venir .... notre soirée sur « Le commerce .... les .... d'Europe de l'Est », le 11/6, ... 20 h 45 .... 22 h, dans .... grande salle .... la CCI.

d.

N'oubliez .... que, le 10 juillet, a .... la sympathique soirée annuelle du Club Nord-Sud. N'........ de réserver .... soirée ! .... avant le 28/6.

4. Invitations (2). Écrivez maintenant une cinquième carte d'invitation, et répondez par écrit à trois des cinq invitations.

5. Répondez, en utilisant un pronom : « me, vous, le, les, y... »

a. N'oubliez pas votre carte d'invitation, SVP ! → *Non, je ne vais pas l'oublier !*

b. Vous participez à la réunion, cet après-midi ? ....

c. Je prends l'autoroute A7 pour aller chez Louis ? ....

d. Est-ce que je dois passer sur le pont ? ....

e. Elle regarde le plan de la ville ? ....

f. Je vous réponds tout à l'heure, d'accord ? ....

g. J'invite la directrice pour le dîner ? ....

h. Vous nous répondez tous les deux avant ce soir ? ....

i. Vous m'invitez à la soirée ? ....

6. Faites correspondre les deux parties des expressions.

a. l'ordre	**1.** sa route
b. le plan	**2.** à un dîner
c. la carte	**3.** à une réunion
d. l'invitation	**4.** quelqu'un
e. demander	**5.** l'autoroute du Sud
f. participer	**6.** du jour
g. inviter	**7.** du pays
h. écrire	**8.** de la ville
i. oublier	**9.** un compte-rendu
j. prendre	**10.** la date de la réception

7. Des synonymes... Trouvez un mot ou une expression équivalents.

a. une société : ....   **e.** on : ....

b. Tenez ! : ....   **f.** le programme (d'une réunion) : ....

c. à côté de : ....   **g.** dans deux jours : ....

d. téléphoner à : ....   **h.** Avec plaisir ! ....

8. C'est loin d'ici ? Notez la distance en kilomètres et/ou en temps.

	Kilomètres	Temps			Kilomètres	Temps
a.				**d.**		
b.				**e.**		
c.				**f.**		

9. Répondre à une invitation. On vous demande « Vous pouvez venir dîner ce soir chez nous ? » Écoutez les réponses et notez comment elles sont :

	Correcte et polie	Correcte mais peu polie	Incorrecte mais polie	Incorrecte et peu polie
a.				
b.				
c.				
d.				
e.				
f.				
g.				
h.				
i.				
j.				
k.				

Dossier 13

1. Quelle est la question ? Utilisez « du, de la, des ».

a. ....

– Oui, j'ai un peu de temps libre, aujourd'hui.

b. ....

– Non, je n'ai plus de monnaie néerlandaise.

c. ....

– Non, il n'y a pas de feux, au grand carrefour.

d. ....

– Non, elle a peu de problèmes au travail.

e. ....

– Oui, ils ont beaucoup d'argent.

f. ....

– Non, il n'y a plus d'employés dans le bâtiment.

g. ....

– Oui, ils espèrent beaucoup de clients.

2. Quelle quantité ? Pour demander de préciser la quantité, pouvez-vous demander :

	Peu de... ?	Un peu de... ?	Beaucoup de... ?	10 ou 12 ?
a. J'ai de l'argent à la banque.	X	X	X	
b. J'ai du temps libre.	....	....	....	....
c. Il reste des lettres à écrire.	....	....	....	....
d. Il a de la monnaie italienne.	....	....	....	....
e. Il y a des personnes dans le magasin.	....	....	....	....
f. Il reste des enveloppes.	....	....	....	....
g. Elle a du travail à faire.	....	....	....	....
h. Il me reste des cartes de visite.	....	....	....	....
i. On va à des réceptions.	....	....	....	....
j. Nous avons des informations à ce sujet.	....	....	....	....
k. Des clients vont venir demain.	....	....	....	....

3. Retrouvez le bon verbe et conjuguez-le.

a. Pour y aller, elles .... la première rue à droite, puis .... la place.

b. Pour ne pas vous perdre, ... le plan, et .... -le souvent !

c. Je vous .... à une soirée chez moi le vendredi 13 avril. J'........... que vous
.... libre ce vendredi !

d. Nous ne .... plus travailler : nous .... de papier et d'articles de bureau.

e. Je vous .... beaucoup, mais je n'........... vraiment besoin de rien. N'...........
plus, s'il vous plaît !

f. Il vous .... quelle quantité de disquettes ? Et vous les .... pour quand ?

4. Non, plus du tout ! Répondez « non », et utilisez « en ».

a. Vous avez encore du papier ? → *Non, je n'en ai plus du tout !*

b. Il reste un bureau de libre ? ....

c. Vous ne voulez pas un ou deux ordinateurs de plus ? ....

d. Il y a encore du papier dans la photocopieuse ? ....

e. Vous me commandez une autre imprimante ? ....

f. J'envoie encore une télécopie ? ....

g. Vous connaissez d'autres personnes dynamiques ? ....

5. Combien ? Précisez la quantité et utilisez « en ».

a. Vous avez besoin de papier, n'est-ce pas ? → *Oui, on en a besoin de beaucoup.*

b. Vous voulez une voiture ? → *Oui, j'en voudrais une. / Non, j'en voudrais deux !*

c. Il reste de la route à faire ? ....

d. Vous prenez des disquettes ? ....

e. Elle a des questions ? ....

f. Il y a un accent sur le « e » ? ....

g. On écrit un compte rendu de cette réunion ? ....

h. Ils cherchent des personnes ? ....

i. Ils connaissent des gens sympathiques ? ....

j. Il demande un renseignement ? ....

6. Des homonymes. Faites des phrases pour montrer les deux sens de ces mots.

    a. direction : ....

        direction : ....

    b. est : ....

        est : ....

    c. appelle : ....

        appelle : ....

    d. plus : ....

        plus : ....

    e. carte : ....

        carte : ....

7. Insistance ? Écoutez la réponse de B. Est-ce que A a insisté dans sa question ?

	oui	non
a.		
b.		
c.		
d.		
e.		

	oui	non
f.		
g.		
h.		
i.		

8. Négation ou pas ? Est-ce que le verbe est à la forme négative ?

	oui	non
a.		
b.		
c.		
d.		
e.		

	oui	non
f.		
g.		
h.		
i.		

Dossier 14

1. Complétez la grille.

Infinitif		louer				
je/j' vous elle ils nous on	vois		vendez	suit	offrent	répondons

2. Accord des adjectifs. Complétez les adjectifs.

a. Ils vont acheter une maison ancie...... qui se trouve en gran..... banlieue. Ce......

maison n'est pas conforta...... , mais elle n'est pas ch...... .

b. Ils cherchent des appartements modern...... , situ...... dans le centre-ville.

c. Vous pouvez louer de bo...... photocopieuses, à meille...... prix chez nous.

d. Appelez immédiatement Mme Biarrot : c'est urg...... , et elle est absen...... ce......

après-midi.

3. « Mieux » ou « meilleur » ? Choisissez, et faites l'accord, si c'est nécessaire.

a. Ce deuxième compte rendu de la réunion est .... parce qu'il est .... écrit

et plus complet que le premier, n'est-ce pas ?

b. La société fabrique de .... produits que sa filiale parce qu'elle a un ....

directeur qui connaît .... les besoins des clients.

c. Mon français est .... qu'avant, n'est-ce pas ? Maintenant, je parle ....

français que Séan, mais il comprend .... le français que moi.

4. « Le/la/les » ou « en » ? Répondez « non » à la question.

a. Vous venez voir l'appartement ? → *Non, je ne viens pas le voir.*

b. Vous avez une réunion, ce matin ? → *Non, je n'en ai pas.*

c. Vous achetez l'appartement ? ....

d. Vous vendez votre garage ? ....

e. Vous prenez le métro le matin ? ....

f. Dans votre entreprise, vous utilisez des ordinateurs ? ....

g. Vous avez le compte rendu de la réunion ? . . . .

h. Vous suivez les petites annonces du journal ? . . . .

i. Elles louent des locaux commerciaux ? . . . .

5. *« Mieux, meilleur » ou « plus » ? « De » ou « que » ? Complétez avec 1 ou 2 mots.*

a. L'Hôtel Sud est un bien . . . . hôtel . . . . le Splendide : il est bien . . . . confor-

table, il est bien . . . . près du centre-ville, et il a beaucoup . . . . étages. Le Splendide

est à . . . . 10 minutes du centre, en voiture, et une nuit au Splendide coûte . . . .

400 francs.

b. Nous vendons . . . . ces ordinateurs parce qu'ils sont bien . . . . Mais ils coûtent

aussi beaucoup . . . . cher . . . . les autres.

c. Je connais . . . . Mme Boirrot parce qu'elle est ma . . . . cliente. Elle parle bien

. . . . anglais . . . . moi.

d. Mon nouvel appartement est . . . . situé . . . . l'ancien, il a . . . . pièces, et je

le loue . . . . marché.

6. *Complétez la question.*

a. . . . . cherchez ? Un local commercial ou industriel ?

b. . . . . est-ce que vous avez besoin, exactement ?

c. . . . . il vous faut comme articles de bureau ?

d. . . . . direction ? Au nord ?

e. . . . . kilomètres se trouve votre logement ?

f. J'ai des questions : votre local vaut . . . . ? Il fait . . . . surface ? Il est

situé . . . . quartier ? . . . . adresse exacte ? Il se trouve . . . .

étage ? Et il est libre . . . . ?

g. . . . . n'est pas cher, votre appartement ? Il est très ancien ?

7. *Je peux vous proposer un local...*
Transformez deux petites annonces du document 127 (page 66), en lettres à des clients qui cherchent un local ou un logement.
Voici un exemple de lettre pour la première annonce du document 127 :

Madame,

Je sais que vous cherchez un local commercial, et je peux vous en proposer un : je loue un splendide local de 200 m², qui est très bien situé, au centre de Villefranche. Vous pouvez l'utiliser comme entrepôt ou magasin. Je le loue très bon marché : 3 000 francs par mois hors taxes. Il est libre dans un mois, et, pour le voir, vous pouvez me téléphoner au 78 91 93 71.

Je vous prie de recevoir, Madame, mes sincères salutations.

	Singulier	Pluriel
a.		
b.		
c.		
d.		
e.		
f.		
g.		
h.		

📼 **9. Combien ? Remplissez la grille.**

	Surface	Prix	Téléphoner au...
a.			
b.			
c.			
d.			

Dossier 15

1. Vous préférez lequel ? Posez la question et utilisez « lequel, laquelle, lesquels, lesquelles », ainsi que le verbe entre parenthèses.

a. *(préférer) Vous préférez lesquels ?* .... – Les autres locaux.

b. *(s'offrir)* .... – La rouge.

c. *(acheter)* .... – Le modèle puissant.

d. *(utiliser)* .... – La voiture de service.

e. *(prendre)* .... – Votre grande photocopieuse noire.

f. *(essayer)* .... – L'imprimante rapide.

g. *(désirer)* .... – Vos disquettes spéciales.

h. *(vouloir)* .... – Les blanches.

i. *(garantir)* .... – Tous ces appareils.

2. « Oui... tous/toutes... » et « Non, seulement... ». Répondez « oui », puis « non » à chaque question, et ne répétez pas le nom.

a. Vous retournez les 4 factures ? ⟶ *– Oui, je les retourne toutes les quatre ! / – Non, j'en retourne seulement une.*

b. Vous louez les deux locaux ? ....

....

c. Ils garantissent les cinq appareils ? ....

....

d. Vous payez les dix exemplaires tout de suite? ....

....

e. Elles vendent leurs deux boutiques? ....

....

3. Faites correspondre les questions et les réponses.

a. Où est-ce que je paie?

b. Et si je prends trois exemplaires?

c. Il n'est pas comme l'autre?

d. Il vous faut ça avant demain?

e. Vous en avez d'une autre couleur?

f. Vous me faites une réduction?

g. Je peux avoir le transport gratuit?

h. Vous avez d'autres tailles?

i. Tout est compris?

j. Vous en avez de plus petites?

1. Non, regardez ici: c'est jaune.

2. Oui, le transport et les taxes aussi.

3. Oui, et en trois exemplaires.

4. Désolé, ce n'est vraiment pas possible.

5. À la caisse, là-bas.

6. Pourquoi? Elle est trop grande?

7. Oui, là-bas, il y en a de plus grands.

8. Ça dépend du nombre d'exemplaires.

9. Alors, je vous les fais à 1 200 francs pièce.

10. Non, ils sont tous de la même couleur

4. Complétez avec « très » ou « beaucoup (de) ».

a. Elle participe à .... réunions, et elle est toujours .... occupée.

b. Cet ordinateur est .... solide, mais il coûte .... plus cher que l'autre.

c. J'habite .... loin du centre, mais j'y vais .... souvent.

d. Elles n'ont pas .... argent, et leur réponse dépend .... du prix.

e. Elles connaissent .... langues étrangères et elles les parlent .... bien.

f. C'est un .... petit magasin où ils ne font pas .... réductions.

5. « Trop peu » et « pas assez ». Répondez par « oui » et par « non ».

a. Vous avez beaucoup de travail? → *Oui, j'en ai trop! / Non, j'en ai trop peu!*

b. C'est très cher? → *Oui, c'est trop cher. / Non, ce n'est pas assez cher!*

c. Vous réfléchissez beaucoup? ....

d. Vous refusez beaucoup d'offres? ....

e. Votre voiture est très rapide? ....

f. C'est un exemplaire ancien? ....

g. Il y a beaucoup de gens, là-bas? ....

6. Des homonymes. Faites des phrases pour montrer les deux sens de ces mots.

a. ou : ....

où : ....

b. dans : ....

dans : ....

c. passe : ....

passe : ....

d. pièce : ....

pièce : ....

e. comprendre : ....

comprendre : ....

7. Quelle est la réduction, et quel est le prix ?

	Prix à la pièce	Nombre d'exemplaires	Réduction	Prix total
a.	....	....	....	....
b.	....	....	....	....

8. Il parle de quoi ? Qu'est-ce que c'est ? Qu'est-ce qui l'intéresse ? La réponse est un seul mot.

....

Dossier 16

1. Les familles de mots. Écrivez le verbe ou un nom de la même famille.

a. une réponse ....

b. une offre ....

c. une invitation ....

d. un loyer ....

e. une entrée ....

f. une demande ....

g. commercial ....

h. bancaire ....

i. universitaire ....

2. Complétez la grille

Infinitif						être
je/j'	paie					
vous		partez				
elle			réfléchit			
ils				suivent		
nous						
(p. passé)					offert	

3. Identité. Écrivez les questions qui correspondent à cette fiche.

Boucher → *Comment* ....

Jeanne → ....

le 6 décembre 1953 → ....

à Bruxelles → ....

Belge → ....

117, rue Arago, Bruxelles → ....

attachée commerciale → ....

SIBA International → ....

4. Présent ou passé composé ? Trouvez le bon verbe et conjuguez-le.

a. Ils .... leur service militaire il y a cinq ans.

b. Ils .... la gestion depuis deux ans dans une école supérieure de commerce.

c. Elle .... de cette entreprise il y a deux jours. = Elle .... cette entreprise avant-hier.

d. Elles .... à travailler dans une semaine.

e. Elle .... P-DG en 1990.

f. J'.............. le français depuis six mois = J'.............. à apprendre le français il y a six mois.

5. Au contraire ! Répondez « non » à la question, et ne répétez pas les mots soulignés (déjà ≠ pas encore, autre chose ≠ rien d'autre, etc.).

a. Vous êtes allée <u>là-bas</u> <u>seule</u> ? → *Non, j'y suis allée avec quelqu'un…*

b. Vous désirez autre <u>chose</u> ? ....

c. Elle a <u>déjà</u> écrit son <u>curriculum vitae</u> ?...................................

d. Il a appris <u>quelque chose</u> <u>à l'école</u> ? ....

e. C'est le prix taxes <u>comprises</u> ? ....

f. Il a <u>beaucoup</u> d'expérience ? ....

g. Elle <u>n</u>'est <u>plus</u> étudiante ? ....

h. Vous <u>ne</u> vous occupez de <u>rien</u> d'autre ? ....

i. Vous avez <u>commencé</u> à travailler à 60 ans ? ....

**6. *Complétez cette lettre de demande d'emploi avec « il y a, depuis, pendant »
ou « en ».***

Monsieur le Directeur des ressources humaines,

J'ai lu dans le journal que vous cherchez un attaché commercial et votre annonce m'a
intéressé.

Je travaille maintenant comme vendeur chez Bull .... 5 ans. .... ces 5 ans,
j'ai vendu vraiment beaucoup d'ordinateurs (5 000 .... 5 ans !), et je désire, ...
un mois, quitter Bull et vendre autre chose.

J'ai commencé mes études .... 11 ans, ... 1983, à l'Institut supérieur de commerce de La Rochelle, où j'ai passé 3 ans, et où, ... 3 ans, j'ai beaucoup appris. J'ai
fait ensuite mon service militaire .... 12 mois. Après, ... donc 7 ans, je suis parti
pour un grand voyage en Amérique du Sud, où j'ai voyagé .... 18 mois. .... ce
séjour, j'ai appris, sur le terrain, l'espagnol et le portugais. J'ai appris ces deux langues
rapidement : .... 3 mois seulement ! Ensuite, en France, j'ai travaillé un peu : 12 petits
emplois .... 10 mois (vente, comptabilité et gestion).

Je peux dire que, ... 1991, je suis un vendeur solide, rapide, et vraiment dyna-
mique. Ne passez pas trop de temps à réfléchir et répondez-moi rapidement, s'il vous plaît !

Je vous prie de recevoir, monsieur le Directeur, mes sincères salutations.

Jacques Durru

7. *Écrivez le curriculum vitae de Jacques Durru.*

**8. *Il parle de quoi ? Qu'est-ce que c'est ? (La réponse est un seul mot ou
expression.)*** ....

9. *Est-ce que le verbe est à la forme négative ?*

a.	**d.**	**g.** ....
b.	**e.**	**h.** ....
c.	**f.**	**i.** ....

Dossier 17

1. Mettez le verbe au passé composé. (Attention ! Accord avec le sujet pour l'auxiliaire « être », pas d'accord pour l'auxiliaire « avoir »).

a. Elles entrent. → *Elles sont entrées.*
b. Elles apprennent le français. → *Elles ont appris le français.*

c. Ils s'arrêtent. ....

d. Ils confirment le rendez-vous. ....

e. Elles réservent leur chambre. ....

f. Elle va à Moscou. ....

g. Il devient grand. ....

h. Elle choisit celui-là. ....

i. Il écrit son curriculum. ....

j. Elle repart demain. ....

k. Ils font du bruit. ....

l. Il y a du monde. ....

2. Répondez. (Attention à l'accord avec le complément « le, la, les ». Pas d'accord avec « en ».)

a. Il a fait sa demande ? → *Non, il ne l'a pas faite./ Oui, il l'a faite.*
b. On a déjà loué un stand ? → *Non, on n'en a pas encore loué un.*

c. Elle a choisi sa chambre ? ....

d. Ils ont confirmé leur arrivée ? ....

e. Elles ont fait des études de gestion ? ....

f. Nous avons reçu leur confirmation ? ....

g. Il a déjà acheté des billets ? ....

h. Vous avez loué un seul stand ? ....

i. Il a préféré la classe touriste ? ....

j. Il a pris une douche, hier matin ? ....

k. Elle a commencé ses études ? ....

3. « Aussi ≠ non plus. » Répondez aux questions.

a. L'appareil est bon marché ? Et le transport ? → *Non, il n'est pas bon marché, et le transport ne l'est pas non plus. / Oui, il est bon marché, et le transport l'est aussi.*
b. Elle parle bien français ? Et vous ? ....

....

c. L'aéroport est très loin ? Et la gare ? ....

....

d. L'imprimante fait beaucoup de bruit. Et la photocopieuse ? ....

....

e. Moi, je repars après-demain. Et vous deux ? ....

....

f. Ils ont réservé hier. Vous aussi ? ....

....

4. « Celui / celle… + de / du… / à… / qui / où ». Complétez la question comme dans le modèle.

a. J'ai oublié mon billet ! → – *Lequel ? Celui du retour ou celui de l'aller ?*

b. Je prends l'avion.

→ – .... ? .... part à 10 heures ou .... 11 heures ?

c. Je réserve la chambre.

→ – .... ? .... il y a seulement une douche ou .... a une salle de bains ?

d. Je vais à l'aéroport.

→ – .... ? .... Orly ou .... est à Roissy ?

e. J'y vais en voiture.

→ – .... ? .... société ou la vôtre ?

f. On se retrouve au bar de l'hôtel.

→ – .... ? .... rez-de-chaussée .... est au dernier étage ?

g. Je rencontre mes clients demain.

→ – .... ? .... ont confirmé leur commande ou .... réfléchissent

encore ?

h. Je vous commande les enveloppes.

→ – .... ? .... 10 centimes/pièce ou .... 12 centimes/pièce ?

5. Répondez « non ». Ajoutez l'indication de temps ou de quantité, et ne répétez pas les mots soulignés.

a. Il rencontre sa cliente à l'usine ? *(déjà + ce matin)* → – *Non, il l'y a déjà rencontrée ce matin.*

b. Il vous offre un repas au restaurant ? *(déjà + la semaine dernière)* → – *Non, il m'en a déjà offert un là-bas la semaine dernière.*

c. Elle vous paie le transport ? *(déjà)* ....

.... ▶

d. Il y a encore <u>du monde</u> dans la salle ? *(beaucoup)* ....

....

e. Il nous commande aujourd'hui <u>des imprimantes</u> ? *(déjà + il y a 4 jours)* ....

....

f. Elle me présente <u>l'entreprise</u> ? *(déjà + 2 fois)* ....

....

g. On prépare <u>les commandes</u> <u>à l'atelier</u> ? *(toujours)* ....

....

6. Des homonymes. Faites des phrases pour montrer les deux sens de ces mots.

a. il y a : ....

il y a : ....

b. service : ....

service : ....

c. si : ....

si : ....

d. en : ....

en : ....

e. simple : ....

simple : ....

7. Vrai ou faux ?

	V	F
a. Elle voyage toute seule.		
b. Elle achète un billet aller-retour.		
c. Elle voyage toujours en classe touriste ou en 2ᵉ classe.		
d. Elle voyage en avion.		
e. Elle est arrivée avant-hier.		
f. Elle repart dans 2 jours.		
g. Elle a réservé sa chambre d'hôtel.		

8. Il parle de quoi ? Quel est le mot ?

....

Dossier 18

1. Comment peut-on dire la même chose ?

a. ma profession : . . . .

b. cependant : . . . .

c. il y a encore : . . . .

d. beaucoup de gens : . . . .

e. je dis oui : . . . .

f. je suis désolé(e) : . . . .

g. actuellement : . . . .

h. il me faut : . . . .

2. « Le, la, les → que ». Transformez les deux phrases en une seule à l'aide du pronom relatif « que ».

a. Cette somme est élevée. Je vous l'ai remboursée. → *La somme que je vous ai remboursée est élevée.*

b. Votre lettre de protestation est arrivée mardi. Vous me l'avez envoyée vendredi. . . . . .

. . . .

c. Les machines marchent mal. Vous me les avez livrées. . . . .

. . . .

d. Cette route est compliquée. Vous nous l'avez indiquée. . . . .

. . . .

e. Nous acceptons cette proposition. Vous l'avez faite. . . . .

. . . .

f. Ce stand est trop petit. Je l'ai choisi. . . . .

. . . .

g. Ces études m'ont intéressé. Je les ai suivies. . . . .

. . . .

h. Il a eu l'emploi. Il l'a demandé. . . . .

. . . .

3. Posez des questions. La réponse est le mot ou la partie de phrase soulignés.

a. Ils vont <u>nous livrer</u> <u>les ordinateurs</u> dans <u>trois jours</u>.

– *Qu'est-ce qu'ils vont faire dans 3 jours ?* – Nous livrer.

– *Qu'est-ce qu'ils vont nous livrer dans 3 jours ?* – Les ordinateurs.

– *Dans combien de temps est-ce qu'ils vont nous les livrer ?* – Trois jours.

b. <u>Le client</u> va prendre contact avec <u>nous</u> <u>le mois prochain</u>. . . . .

. . . .

c. Ils ont protesté <u>hier</u> contre <u>notre facture de transport</u>. ....

....

d. <u>La réunion</u> avec <u>le directeur</u> s'est <u>mal</u> passée. ....

....

e. <u>Cette machine</u> a coûté <u>1000 francs</u> <u>il y a 2 ans</u>. ....

....

f. <u>Mon collègue</u> prend le modèle à <u>100 francs</u>. ....

....

4. « Qui, que ». Transformez la phrase en deux autres phrases, l'une à l'aide de « qui » et l'une à l'aide de « que », et d'un verbe que vous choisissez. Attention aux autres petites modifications !

a. L'erreur du technicien est inadmissible. → *C'est une erreur du technicien qui est inadmissible. / L'erreur que le technicien a faite est inadmissible.*

b. La garantie de la machine ne dure pas plus de 6 mois. → *La machine a* ....

c. Elle répare une machine ancienne. ....

d. Il a acheté une machine en promotion. ....

e. Il reprend la machine livrée. ....

f. Il paie une facture concernant 3 machines. ....

g. Ils occupent une chambre à 730 francs. ....

h. Elle quitte le service de la comptabilité. ....

5. Réponse à une lettre de réclamation. Complétez avec un pronom relatif (« qui, que, où »).

Monsieur,

J'ai bien reçu la lettre .... concerne votre commande, et .... vous nous avez envoyée le jour même .... vous avez reçu les machines commandées.

C'est notre nouvelle employée .... s'occupe des commandes .... a fait cette erreur .... est inadmissible, et .... je regrette beaucoup. En effet, cette nouvelle employée connaît encore mal les ordinateurs .... nous vendons actuellement, et a mal lu votre lettre de commande .... vous indiquez bien que vous désirez 5 machines du type AXR et non pas les anciennes BXR.

Vous avez donc actuellement chez vous les 5 BXR .... notre transporteur vous a livrées la semaine dernière. Je vous offre gratuitement une 6ᵉ machine du dernier modèle (AXR), ... nous pouvons vous livrer si vous acceptez de payer la somme .... est indiquée sur la facture .... vous avez maintenant. Vous pouvez aussi, si vous le pré-férez, nous retourner les 5 machines .... nous pouvons reprendre et échanger contre 5 nouvelles.

Encore une fois, je vous prie, monsieur, d'accepter mes excuses pour cette erreur .... je désire réparer au mieux. Veuillez accepter mes sincères salutations.

6. Une lettre.

a. Écrivez la lettre de protestation dont la lettre de l'exercice 5 est la réponse. Aidez-vous des lettres des pages 82 et 83 de votre livre. (Attention ! la lettre de l'exercice 5 contient trop de pronoms relatifs. N'en utilisez pas autant !)

b. La lettre de l'exercice 5 est une lettre d'excuses, parce que ce n'est pas le client qui a fait l'erreur. Mais si c'est le client qui a fait une erreur, quelle réponse peut-on lui faire ? Écrivez cette lettre.

7. Les adjectifs sont au masculin (M) ou au féminin (F) ?

	M	F	?
a.			
b.			
c.			
d.			
e.			
f.			
g.			
h.			

8. Est-ce que les verbes sont au pluriel ?

	Singulier	Pluriel	?
a.			
b.			
c.			
d.			
e.			
f.			
g.			
h.			

DOSSIER 19

1. Quels sont les mots qui ne sont pas des adverbes ?

valablement	appartement	moment
logement	seulement	continûment
personnellement	renseignement	comment
agréablement	prochainement	partiellement

2. Complétez la grille.

Infinitif		traduire				
je/j' vous elle ils nous (p. passé)	veux		gérez	sert	lisent	prié

3. Trouvez le bon adverbe.

immédiatement, doublement, facilement, actuellement, personnellement, premièrement, collectivement, prochainement, gratuitement, deuxièmement, heureusement, spécialement

a. Si vous répondez .... , nous vous offrons .... un petit dictionnaire.

b. Dans une société en nom collectif, les associés sont .... et .... responsables.

c. J'ai .... trop de travail pour aller en Italie .... pour voir ce client. Mais je peux y aller dans deux semaines.

d. .... , cette expression allemande se traduit .... en français !

e. Vous êtes .... responsable : .... , comme directeur des ressources humaines, et .... , parce que vous le connaissiez déjà ....

4. Remplacez « se » et « ça se » par « on doit le/la/les ».

a. Cette nouvelle machine, ça se fête ! → *Bien sûr, on doit la fêter !*

b. Une offre comme celle-là ne se refuse pas !..

c. L'inventaire se fait toujours la première semaine de janvier !.........................

d. Une réservation, ça se confirme toujours !...

e. Le compte rendu, ça s'écrit tout de suite après la réunion ! ....

f. Un ordinateur, ça s'essaie avant de s'acheter ! ....

g. Ces articles en promotion se vendent seulement par 12 ou par 24 ! ....

h. Un ordinateur à 2 000 francs, ça ne se garantit pas plus d'un mois ! ....

5. Faites correspondre les questions et les réponses.

a. Il n'y a pas de limite ?

b. Ils veulent le contrôle du conseil d'administration ?

c. Il n'y a pas de contrôle possible, n'est-ce pas ?

1. Oui, et collectivement.

2. Non, pas encore, et je suis donc reparti sans rien acheter.

3. C'est un peu comme une petite société anonyme.

d. Comment ça ?

e. Leur nombre est limité ?

f. Il y a des articles en promotion ?

g. Ça ressemble à quoi ?

h. Ils sont responsables, n'est-ce pas ?

4. Oui, à 50 associés.

5. Si, 50 associés au maximum.

6. Non, mais nous avons leur garantie.

7. Je vais vous l'expliquer maintenant.

8. C'est normal : ils ont une très grande part des actions.

6. Continuez la question. (Il y a beaucoup de suites possibles !)

a. Avec qui... *est-ce que vous allez prendre contact demain ?*

b. Qu'est-ce que ....

c. De qui ....

d. À quoi ....

e. D'où ....

f. Qui est-ce qui ....

g. De quoi ....

h. Par quoi ....

i. Contre quoi ....

7. Quel est le contraire ?

a. facilement : ....

b. partiellement : ....

c. minimum : ....

d. C'est dommage ! : ....

e. lentement : ....

f. anciennement :.........................

g. collectivement : ....

h. difficilement : ....

i. premièrement : ....

j. anonymement :.........................

8. Que représente « l' » : un nom masculin ou féminin ?

	Masculin	Féminin	?
a.		X	
b.			
c.			
d.			
e.			
f.			
g.			
h.			
i.			

9. Quel est le mot ? (La réponse est un seul mot.)

....

DOSSIER 20

1. Retrouvez les expressions.

a. commander	**1.** une meilleure solution
b. demander	**2.** sur la date de la prochaine livraison
c. poser	**3.** un bon voyage
d. donner	**4.** un client à l'aéroport
e. trouver	**5.** le budget de l'an prochain
f. se renseigner	**6.** des pièces à l'étranger
g. modifier	**7.** avec beaucoup de retard à sa lettre
h. répondre	**8.** une question
i. accueillir	**9.** à l'interprète de traduire
j. souhaiter	**10.** son avis sur le problème
k. manquer	**11.** de pièces pour une réparation

2. Répondez en remplaçant la partie soulignée par un pronom : « le / la / les / lui / leur ».

a. Ils ont livré ces appareils au client ? ⟶ ....

Ils ont livré ces appareils au client ? ⟶ ....

b. Elle traduit la lettre pour ses chefs ? ⟶ ....

Elle traduit la lettre pour ses chefs ? ⟶ ....

c. Elle a donné mon message à la directrice ? ⟶ ....

Elle a donné mon message à la directrice ? ⟶ ....

d. Ils ont posé la question aux techniciens ? ⟶ ....

Ils ont posé la question aux techniciens ? ⟶ ....

3. Faites une deuxième phrase équivalente. (nom + adjectif ⟶ verbe + adverbe)

Il nous donne de bons renseignements. ⟶ *Il nous renseigne bien.*

La gestion du nouveau P-DG est très bonne. ⟶ ....

.... ⟶ Il m'a accueilli sympathiquement.

Là-bas, ils font de meilleures réparations. ⟶ ....

.... ⟶ Ils souhaitent qu'on les livre spécialement.

Son travail est meilleur que celui de l'ancienne employée. ⟶ ....

.... $\longrightarrow$ Ils nous ont offert mieux que les autres.

Leur chiffre d'affaires est plus grand que l'an dernier. $\longrightarrow$ ....

4. Complétez avec les pronoms : « le/la/les/lui/leur/y/en… ».

a. Mes clients arrivent demain soir, et je vais .... accueillir à la gare. Je .... ai réservé une chambre dans un bon hôtel, pour la nuit. Je .... ai obtenu un rendez-vous avec mon président-directeur général pour après-demain à 10 heures, après .... avoir expliqué qu'ils sont très importants pour notre entreprise.

b. Nous n'avons pas la pièce pour faire cette réparation. Nous .... avons commandée au producteur, et je .... ai précisé que c'est urgent. Nous allons donc, j'espère, ... recevoir prochainement.

c. Je suis allée à la réunion de l'association hier soir. J'........ suis arrivée en retard, et je n'........ ai trouvé que 15 personnes. À l'ordre du jour : les locaux. Il nous faut .... chercher d'autres, parce que les locaux actuels sont trop vieux et trop petits. Nous .... avons beaucoup parlé sans trouver de solution. Nous allons, j'espère, ... trouver une la prochaine fois : nous .... retrouvons dans un mois pour une nouvelle réunion.

5. Un coup de téléphone. Écrivez le dialogue entre le client d'Orléans et la vendeuse.

Lundi, mon client d'Orléans me téléphone. Il m'appelle au sujet de sa commande : il veut savoir quand la livraison des six machines peut avoir lieu. Je lui réponds que je me suis renseignée : nous n'avons actuellement que quatre machines en stock, que nous pouvons donc lui livrer très rapidement. À sa question sur les deux dernières machines, je lui rappelle d'une part que nous ne les avons pas en stock, et, d'autre part, qu'il a souhaité de petits changements et que ce sont donc des machines un peu spéciales qu'il veut. Je lui propose d'accepter un retard de deux ou trois semaines pour celles-là. Il ne refuse pas cette solution, mais il insiste : il lui faut ces deux autres machines très rapidement. Les clients sont tous les mêmes : il leur faut tout, tout de suite et gratuitement… mais, moi, je lui répète seulement que je comprends son problème, parce qu'il est un bon client et que je suis une bonne vendeuse ! Ensuite, je lui dis que je vais lui envoyer une lettre pour lui confirmer les dates de livraison.

6. Après la conversation de l'exercice précédent, vous écrivez au client la lettre qu'il attend.

Monsieur, / Après votre coup de téléphone du lundi 5 avril...

7. Des homonymes. (Faites des phrases pour montrer les deux sens de ces mots.)

a. part : ....

part : ....

b. trouve : ....

trouve : ....

c. lettre : ....

lettre : ....

d. pièce : ....

pièce : ....

e. que : ....

que : ....

8. Quel est le mot ? (La réponse est un seul mot.)

....

DOSSIER 21

1. « Aussi/autant »

a. Mes vacances d'été ne sont pas .... longues que celles de mon collègue, car je pré-fère en prendre .... en hiver. Nous avons .... de travail l'un que l'autre, et je gagne .... que lui.

b. Cette année, nous souhaitons exporter au moins .... que l'an dernier, et réaliser des recettes .... importantes grâce à la baisse du dollar américain.

c. Cette exposition est toujours .... intéressante. C'est pourquoi il y a .... de clients qui la visitent cette année encore. Mais la plupart de ceux-ci disent qu'ils ne vont pas commander .... cette année, et nous n'allons donc pas réaliser .... de ventes en .... peu de temps.

2. Quel est le contraire ?

a. une diminution : ....

b. fort : ....

c. les recettes : ....

d. grosses : ....

e. le pire : ....

f. baisser de : ....

g. standard : ....

h. gagner : ....

i. la plupart des : ....

j. l'offre : ....

3. Mettez le verbe à l'imparfait.

a. Avant, les ventes .... chaque année, et nos dépenses .... *(augmenter, diminuer)*

b. Traditionnellement, nous .... de grosses recettes en décembre, et ensuite, elles .... beaucoup en janvier. *(réaliser, baisser)*

c. Il y a 10 ans encore, ils ne .... jamais d'argent parce qu'ils ne .... jamais à crédit. *(perdre, vendre)*

d. Avant, nous .... les modèles tous les 3 ans seulement. *(modifier)*

e. À cause de cette erreur, ça ne .... plus rien dire, et je ne vous .... pas ! Avant, vous .... mieux que ça ! *(vouloir, comprendre, traduire)*

f. Vous .... vous renseigner avant ! Ce .... pas difficile ! *(pouvoir, être)*

4. Comparez ces 2 entreprises en complétant les phrases avec un ou plusieurs mots.

Société A : capital social : 20 millions de francs (M de F) ; chiffre d'affaires (CA) : 250 M de F ; dépenses de publicité : 2 M de F ; 290 employés ; usine de 1900 m^2.

Société B : capital social : 40 M de F ; CA de 270 M de F ; dépenses de publicité : 6 M de F ; 290 employés ; atelier de 2200 m^2.

a. Ces deux entreprises ne sont pas .... importantes (elles n'ont pas la .... taille) : des deux, c'est la seconde qui est la ....

b. Son capital est .... celui de la première : il est le double (son capital .... de 20 M de F celui de la première).

c. Elles ne vendent pas .... : la seconde a le chiffre d'affaires le ...., étant donné qu'elle vend pour 20 M de F .... la première, grâce à des dépenses de publicité .... de 4 millions. C'est en effet la seconde qui dépense .... en publicité (exactement trois fois plus).

d. Cependant, elles ont .... d'employés (elles ont .... d'employés).

À vous ! Terminez cette phrase.

e. La surface de leurs locaux ....

5. Retrouvez la question et posez-la de deux façons différentes.

a. Elle m'a demandé comment je trouvais le Salon. ....

b. Je lui ai demandé avec qui il venait. ....

c. Elle nous a demandé pourquoi nous ne lui téléphonions pas. ....

d. Il lui a demandé si elle savait où le congrès avait lieu. ....

6. Quel dialogue ! (L'ordre des questions est correct.)

a. Quelle a été l'évolution récente dans votre branche ?

b. Elle a commencé comment ?

c. Cela concernait l'ensemble du marché ?

d. Ah bon ! Pourquoi pas aussi à l'étranger ?

e. Alors, vous vendiez autant ?

f. Et pour votre entreprise ?

g. Mais pas en France, si je comprends bien ?

h. Une catastrophe, donc ?

i. Oui, je comprends qu'il a beaucoup changé...

1. Oui, mais hors exportations.

2. C'est ça. Mais le marché a beaucoup évolué, vous savez...

3. Non, plus, et on a même augmenté le nombre de filiales.

4. La demande a baissé en même temps que nos stocks étaient pleins, il y a 5 ans.

5. Actuellement, nous gérons une branche en crise.

6. Comme pour les autres à l'étranger : notre chiffre d'affaires y a été supérieur.

7. Parce que là-bas, les conditions du crédit étaient meilleures.

8. Non. Ici, nous avons perdu la plupart de nos gros clients.

9. Et nous aussi !

7. Sept façons de dire la même chose. Utilisez : « donc, en effet, car, comme, c'est pourquoi, or, étant donné que ».

a. Nous en vendons moins en hiver .... les ventes sont saisonnières.

→ *Nous en vendons moins en hiver **parce que** les ventes sont saisonnières.*

b. .... les ventes sont saisonnières, nous en vendons moins en hiver.

c. Nous en vendons moins en hiver. .... les ventes sont saisonnières.

d. Les ventes sont saisonnières, et nous en vendons .... moins en hiver.

e. Nous en vendons moins en hiver .... les ventes sont saisonnières.

f. Les ventes sont saisonnières. .... nous en vendons moins en hiver.

g. .... les ventes sont saisonnières, nous en vendons moins en hiver.

h. Les ventes sont saisonnières. .... l'hiver est une mauvaise saison. .... nous en vendons moins en hiver.

🔊 **8. Ça fait combien, maintenant ? Notez le nombre et faites le calcul. (La réponse n'est pas toujours un chiffre exact.)**

a. ....   **d.** ....   **g.** ....

b. ....   **e.** ....   **h.** ....

c. ....   **f.** ....

🔊 **9. Quel est le mot ? (La réponse est un seul mot.)**

....

DOSSIER 22

1. Mettez au passé composé le verbe à l'imparfait.

a. Il rappelait... ⟶ *Il a rappelé.*

b. Je me réjouissais ....

c. Nous repartions ....

d. Vous alliez ....

e. J'obtenais ....

f. Ils se renseignaient ....

g. Vous perdiez ....

h. Elles voulaient ....

i. Ils croyaient ....

j. Elles réfléchissaient ....

k. Nous discutions ....

l. Je connaissais ....

2. Pas du tout ! Répondez « non » et ne répétez pas. Utilisez : « lui / leur / le / y / les / en »...

a. Ils ont déjà signé le contrat ? ⟶ *Pas du tout, ils ne l'ont pas encore signé !*

b. Notre proposition a semblé trop compliquée aux clients ? ⟶ ....

c. Elles ont mal accueilli son discours ? ⟶ ....

d. Vous avez amélioré quelque chose ? ⟶ ....

e. Vous croyiez à son succès ? ⟶ ....

f. Il s'est réjoui des quelques ventes qu'il a faites ? ⟶ ....

g. Elles ont vite atteint leur meilleur niveau ? ⟶ ....

h. Ils sont certains de la qualité de ce projet ? ⟶ ....

i. Quelques résultats dépendent de la qualité des services ? ⟶ ....

3. Reliez le verbe à son complément.

a. signer	**1.** si son salaire est vraiment correct
b. discuter	**2.** le discours du président.
c. trouver	**3.** le niveau européen de 10 %.
d. se réjouir	**4.** un mauvais contrat.
e. se demander	**5.** les résultats obtenus jusqu'ici.
f. sembler	**6.** calmement du point de vue de son collègue.
g. obtenir	**7.** vraiment mauvais.
h. améliorer	**8.** beaucoup de temps grâce à ses bonnes relations.
i. réaliser	**9.** des quelques bons résultats obtenus jusqu'ici.
j. gagner	**10.** un produit aux normes internationales.
k. dépasser	**11.** que le projet est une vraie catastrophe.
l. écouter	**12.** un succès, grâce à sa très bonne qualité.

4. Mettez au passé (passé composé ou imparfait) le petit rapport « Un coup de téléphone » (exercice 5 du dossier 20, p. 45). (Attention : quatre verbes doivent rester au présent !)

5. Vacances d'été. Complétez avec des prépositions : « de / à / pour / sur / par »…

Un peu plus .... 50 % des Français sont partis .... vacances d'été l'an dernier (54,1 %, c'est-........-dire 0,3 % .... plus qu'........ 2 ans). Ce pourcentage a augmenté jusqu'........ 1982 où il a atteint son maximum. .... cette année-là, le pourcentage des départs varie assez peu, et stagne .... près de 55 %. En effet, ... pouvoir partir en vacances, il faut ne pas manquer .... 'argent et la plupart des salariés déclarent que leurs vacances dépendent directement .... leur salaire : .... exemple, s'ils obtiennent une augmentation .... salaire, ils font vite des projets .... vacances. Comme les salaires n'augmentent pas actuellement, les dépenses des Français .... les hôtels et restaurants baissent légèrement. En effet, les gens partent autant mais ils restent un peu moins longtemps loin .... chez eux. Les spécialistes du secteur .... services pensent donc que seuls les étrangers peuvent améliorer les résultats .... secteur du tourisme.

6. Des homonymes. Faites des phrases pour montrer les deux sens de ces mots.

a. comme : ....

comme : ....

b. après : ....

après : ....

c. demande : ....

demande : ....

d. marché : ....

marché : ....

e. services : ....

services : ....

📼 *7. La personne qui parle est/était-elle sûre de ce qu'elle dit/disait ou non ?*

	vraiment sûre	pas vraiment sûre	pas sûre
a.			
b.			
c.			
d.			
e.			
f.			
g.			
h.			

📼 *8. L'adjectif est-il au masculin ou au féminin ?*

	Masculin	Féminin	?
a.			
b.			
c.			
d.			

	Masculin	Féminin	?
e.			
f.			
g.			
h			

📼 *9. Quel est le mot ? (La réponse est un seul mot.)*

....

DOSSIER 23

1. Mettez ces verbes du passé composé au futur.

a. Il a continué. → *Il continuera.*

b. Je me suis réjoui . . . .

c. Nous avons investi . . . .

d. Vous êtes allée . . . .

e. J'ai obtenu . . . .

f. Ils se sont renseignés . . . .

g. Vous avez prévu . . . .

h. Elles ont voulu . . . .

i. Ils ont cru . . . .

j. Elles ont vécu . . . .

k. Nous avons réduit . . . .

l. J'ai connu . . . .

2. Comment peut-on dire la même chose ?

a. un standard : . . . .

b. certain : . . . .

c. réduire : . . . .

d. rapidement : . . . .

e. car : . . . .

f. à mon avis : . . . .

g. deuxième : . . . .

h. étant donné que : . . . .

i. probablement : . . . .

j. la plus mauvaise : . . . .

k. un avis : . . . .

l. aussi : . . . .

3. Les femmes en Europe. Continuez ce texte en faisant des prévisions sur les cinq années à venir. Employez beaucoup le futur. Utilisez tous les mots suivants :

prévision, prévoir, probablement, amélioration, pessimiste, expert, continuer à, tendance, avoir l'intention de, vivre, de moins en moins.

D'après le dernier rapport d'Eurostat, l'Institut européen des statistiques, plus de 50 % des jeunes filles de l'Union européenne suivent des études supérieures. C'est le Portugal qui a le plus grand pourcentage de jeunes filles dans les universités ou les instituts supérieurs. En seconde place, vient la France. Le taux le plus faible est atteint aux Pays-Bas (79 étudiantes pour 100 étudiants) et en Allemagne (67 étudiantes pour 100 étudiants).

Le taux de chômage dans la Communauté est plus important pour les femmes : 50 % de plus que pour les hommes.

De plus, Eurostat constate que, pour le même travail, les femmes sont moins bien payées que les hommes : dans la plupart des pays membres, le salaires des femmes qui travaillent en usine est inférieur de 30 % à celui de leurs collègues hommes. Enfin, 28 % des femmes travaillent à temps partiel (contre 3,9 % pour les hommes)…

4. C'est déjà fait ! Répondez en utilisant « déjà ».

a. Nous investirons l'an prochain ? → *Nous avons déjà investi l'an dernier.*

b. Ils réduiront leurs dépenses le mois prochain ? ....

c. On nous retournera demain l'appareil en panne ? ....

d. Votre famille viendra ici ce soir ? ....

e. Nous atteindrons l'objectif prévu la semaine prochaine ? ....

f. Ils manqueront de pièces après-demain ? ....

g. La livraison aura lieu bientôt ? ....

h. Elle nous expliquera ceci dans quelques minutes ? ....

5. Drôle de dialogue ! Complétez ou trouvez les questions.

– .... chômage ?

– Trois mois.

– .... chômeur ?

– Mon entreprise a réduit son personnel.

– .... ?

– De 20 %.

– .... importante ?

– Parce qu'ils ont constaté que les ventes commençaient à baisser et qu'ils prévoyaient une forte réduction de la demande dans notre secteur.

– .... pessimistes ?

– Non, pas trop, étant donné que les ventes continuent à baisser.

– .... ?

– Trouver un nouveau travail le plus vite possible.

– .... ?

– Non. Ce sera sans doute difficile... mais la vie continue !

6. Les grands journaux nationaux. Comparez l'évolution du nombre de lecteurs de quatre grands journaux français, (abonnements et achats au numéro). Vous ferez ensuite des prévisions pour les dix ans à venir.

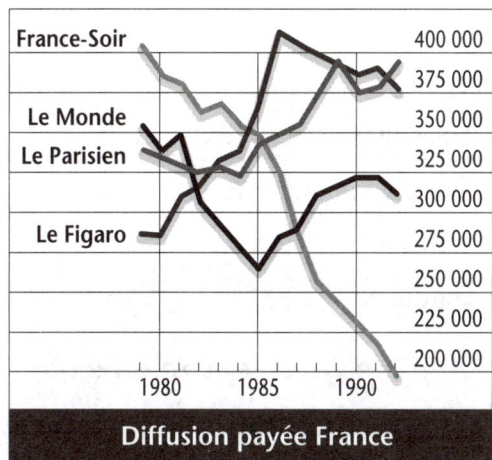

Source : *L'Expansion*, 25 nov.-8 déc. 1993, p. 58.

🔊 **7. Le verbe est au singulier ou au pluriel ?**

	Singulier	Pluriel	?
a.			
b.			
c.			
d.			

	Singulier	Pluriel	?
a.			
b.			
c.			
d.			

🔊 **8. Cela fera combien ? Notez le nombre actuel et faites le calcul.**
(La réponse n'est pas toujours un chiffre exact.)

a. ....
d. ....

b. ....
e. ....

c. ....
f. ....

🔊 **9. Quel est le mot ? (La réponse est un seul mot.)**

....

DOSSIER 24

1. Donnez un verbe, un adjectif ou un adverbe de la même famille.

a. le monde ....
j. un début ....

b. une demande ....
k. un marchand ....

c. sûr ....
l. une amélioration ....

d. un chômeur ....
m. une prévision ....

e. exclusif ....
n. une explication ....

f. un souhait ....
o. une vie ....

g. une ancienneté ....
p. une possibilité ....

h. suivant ....
q. une adresse ....

i. continuer ....

2. Complétez avec « ce que/ce qui ».

a. Je leur ai demandé .... les satisfaisait jusqu'ici, et .... ils envisageaient de

modifier à l'avenir. Ils m'ont d'abord expliqué .... ils prévoyaient et ont insisté ensuite sur .... faisait l'objet des marchandages actuels : c'était très important, d'après eux, ... je crois très volontiers, en effet.

b. À mon avis, ... nous risquons de perdre, ... peut être le résultat pour nous, si nous ne réussissons pas, c'est tout l'ensemble de .... nous avons gagné l'an dernier. Nous pouvons connaître une catastrophe, ... je n'accepte pas. C'est pourquoi je suis contre votre projet.

c. Il me semble que .... devient de plus en plus difficile dans les conditions actuelles, c'est de prévoir, d'investir dans .... sera intéressant dans quelques années.

3. *Retrouvez les expressions.*

a. des parts	**1.** réussies en famille
b. un taux	**2.** de restructurer
c. l'ensemble	**3.** de vie des Français
d. la promotion	**4.** de marché en Italie
e. une candidate	**5.** du personnel de l'entreprise
f. l'explication	**6.** sur 5 ans
g. la décision	**7.** de chômage en augmentation
h. la tendance	**8.** à l'ancienneté, exclusivement
i. la faible possiblité	**9.** au poste de directeur
j. le niveau	**10.** de satisfaire tout le monde
k. des vacances	**11.** de notre nouvelle stratégie

4. *Des homonymes. Choisissez et complétez avec « ce, se » ou « ceux ».*

a. .... à qui il s'est adressé ont déclaré ensuite que .... qu'il leur avait dit était peu intéressant.

b. .... qu'elles .... demandent, c'est s'il va continuer encore longtemps à .... perdre tout le temps.

c. En effet, il suffit de regarder les stocks pour savoir .... qui .... vend le moins bien.

d. Il parle de recruter tous .... qui souhaitent travailler dans notre entreprise, ... qui me semble impossible.

e. .... qui sont contents de .... qu'ils ont ne sont pas concernés : en effet, pour ....-là, tout .... passe bien.

5. Des homonymes. Faites des phrases pour montrer les deux sens de ces mots.

a. poste : ....

    poste : ....

b. connaître : ....

    connaître : ....

c. aussi : ....

    aussi : ....

d. en effet : ....

    en effet : ....

e. condition : ....

    condition : ....

6. Continuez la question. (Il y a beaucoup de suites possibles !) Utilisez les verbes suivants :

écouter – discuter – s'adresser – croire – investir – recruter – réussir – risquer – améliorer – prévoir.

a. Qui est-ce qui ....

b. Qui est-ce que ....

c. À qui ....

d. De qui ....

e. Avec qui ....

f. Combien ....

g. De combien ....

h. À combien ....

i. Depuis combien ....

j. Il y a combien ....

7. Complétez avec « si/même si/sauf si/en effet/à condition de/aussi ».

D'abord, ... je ne suis pas une spécialiste en gestion, je sais qu'il est très difficile de gagner de nouveaux clients, ... on fabrique des produits vraiment nouveaux. .... , ... on modifie d'anciens produits pour les améliorer, on ne perd pas de parts de marché, mais on n'en gagne pas non plus : toutes les entreprises font ça. C'est .... ce qui coûte le moins cher en idées et en argent. .... , pour avoir de nouveaux clients, il faut envisager de fabriquer de nouveaux produits.

Ensuite, on peut facilement augmenter son chiffre d'affaires .... réduire son résultat : il suffit .... de baisser ses prix. Cependant, ce n'est pas là un objectif satisfaisant. L'autre stratégie est d'essayer d'augmenter à la fois son chiffre d'affaires et son résultat, ce qui n'est pas possible .... on améliore la qualité des produits. .... l'entreprise en est capable, elle peut envisager son avenir avec optimisme. Mais .... , je le répète, je ne suis pas une experte, je peux constater que la plupart des entreprises préfèrent la première stratégie : .... , elles restructurent.

8. Quel est le mot ? (La réponse est un seul mot.)

....

9. Ils sont optimistes ou pessimistes ?

	optimiste	pessimiste	?
a.			
b.			
c.			
d.			
e.			
f.			

Transcription des enregistrements

Dossier 2

6. *Quel est le numéro de son poste ?*

a. – Allô, je voudrais parler à Monsieur Darguet, s'il vous plaît.
– M. Darguet ? C'est le poste 38 Ne quittez pas...

b. – Allô, je voudrais parler à Madame Guy, s'il vous plaît.
– Mme Guy ? C'est le poste 47. Ne quittez pas...

c. – Allô, je voudrais parler à Monsieur Martin, s'il vous plaît.
– M. Martin ? C'est le poste 66. Ne quittez pas...

d. – Allô, je peux parler à Madame Cortay, s'il vous plaît. ?
– Mme Cortay ? C'est le poste 11. Un instant...

e. – Allô, je peux parler à Monsieur Neveu, s'il vous plaît. ?
– M. Neveu ? C'est le poste 15. Un instant...

f. – Allô, je peux parler à Madame Darel, s'il vous plaît. ?
– Mme Darel ? C'est le poste 17. Un instant...

7. *Vrai ou faux ?*

a. 11 + 13 = 24
b. 13 + 17 = 21
c. 12 + 15 = 26
d. 44 – 14 = 10
e. 39 – 16 = 13
f. 57 – 18 = 39
g. 61 – 52 = 8

8. *Quel est son numéro de téléphone ?*

a. – Vous connaissez le numéro de téléphone de M. Charlieu ?
– Oui, c'est le 11 33 45 18.
– Le 11 33 45 18 ? Merci !
– Je vous en prie !

b. – Vous connaissez le numéro de téléphone de Mme Grangeon ?
– Oui, c'est le 13 23 15 68.
– Le 13 23 15 68 ? Merci !
– Je vous en prie !

c. – Quel est le numéro de téléphone de Mme Fradin ?
– C'est le 15 13 45 16.
– Le 15 13 45 13 ? Merci !
– Non, pas 13, mais 16, 2 fois 8 ! Vous comprenez ?

d. – Quel est le numéro de téléphone de Mme Zanoni ?
– C'est le 20 17 54 18.
– Le 20 17 54 08 ? Merci !
– Non, pas 08, mais 18, 2 fois 9 ! Vous comprenez ?

e. – Renseignements, bonjour !
– Bonjour. Je voudrais le numéro de téléphone de M. Varrault, à Grenoble.
– Varrault ? C'est le 36 08 10 69.
– Le 36 08 10 69 ? Merci.

f. – Renseignements, bonjour !
– Bonjour. Je voudrais le numéro de téléphone de M. Jaffard, à Grenoble.
– Jaffard ? C'est le 36 36 10 09.
– Le 36 10 09 ?
– Non, le 36 36 10 09. Deux fois 36, vous comprenez ?
– Oui, je comprends. Merci.

Dossier 3

5. *Quel est le numéro de son bureau ?*

a. – Pardon monsieur, je cherche Mme Bonnal.
– Elle est au bureau numéro 38.

b. – Pardon madame, je cherche M. De Gennes.
– Il est au bureau numéro 15.

c. – Pardon monsieur, je cherche Mme Gaillard.
– Elle est au bureau numéro 19.

d. – Excusez-moi, quel est le bureau de M. Hervé ?
– C'est le numéro 11.
– Merci, monsieur !
– Je vous en prie !

e. – Excusez-moi, quel est le bureau de M. Védèle ?
– C'est le numéro 69.
– Merci, madame !
– Je vous en prie !

f. – Excusez-moi, quel est le bureau de Mme L'Héritier-Guillot ?
– Madame qui ?
– Madame L'Héritier-Guillot.
– Ah, elle ! C'est le numéro 13.
– Merci, monsieur !
– Je vous en prie !

g. – Excusez-moi, quel est le bureau de M. Peyronnard-Krogh ?
– Monsieur qui ?
– M. Peyronnard-Krogh.
– Ah, lui ! C'est le numéro 47.
– Merci, madame !
– Je vous en prie !

6. Il/elle s'appelle comment ?

a. – Je m'appelle Jacqueline Bonnal.
– Avec A.U ?
– Non, ça s'écrit B,O, deux N, A, L.

b. – Je m'appelle Jacques Védèle.
– Avec A, I ?
– Non, ça s'écrit V, E accent aigu, D, E accent grave, L, E.

c. – Je m'appelle Irène Gayard.
– Avec un T ?
– Non, ça s'écrit G, A, Y, A, R, D.
– Ah, Gayard, avec un Y et un D !

d. – Vous cherchez quelqu'un ?
– Oui, Mme L'Héritier-Guillot.
– Comment ? Comment ça s'écrit ?
– L apostrophe, H, E accent aigu, R, I, T, I, E, R, trait d'union, G, U, I, deux L, O, T.
– Ah, L'Héritier-Guillot !... Je ne connais pas.

e. – Vous cherchez quelqu'un ?
– Oui, M. Peyronnard-Krogh.
– Comment ? Comment ça s'écrit ?
– P, E, Y, R, O, deux N, A, R, D, trait d'union, K, R, O, G, H.
– Ah, M. Peyronnard-Krogh !... Je ne connais pas.

f. – Vous cherchez quelqu'un ?
– Oui, Mme Zajux.
– Pardon, vous pouvez répéter ?
– Mme Zajux : Z, A, J, U, X.
– Zajux !... Non, je ne connais pas.

7. Quel est son nom ? son numéro de téléphone ?

a. – Renseignements, bonjour.
– Je voudrais le numéro de téléphone de Mme Cléret, à Toulouse.
– Vous pouvez épeler ?
– Bien sûr. C, L, E accent aigu, R, E, T.
– C'est le 61 12 56 14.
– Pardon ?
– C'est le 61 12 56 14.
– Merci, madame.

b. – Renseignements, bonjour.
– Je voudrais le numéro de téléphone de M. Kerhir, à Nancy.
– Vous pouvez épeler ?
– Bien sûr. K, E, R, H, I, R.
– C'est le 29 11 37 19.
– Pardon ?
– C'est le 29 11 37 19.
– Merci, madame.

c. – Renseignements !
– Je voudrais le numéro de téléphone de Mme Rébottière, à Nancy.
– Vous pouvez épeler ?
– Bien sûr. R, E accent aigu, B, O, deux T, I, E accent grave, R, E.
– C'est le 29 33 45 68.
– Pardon ?
– C'est le 29 33 45 68.
– Merci, madame.

d. – Oui ?
– Je voudrais le numéro de téléphone de Mme Jeanne Lhospied, à Orléans.
– Vous pouvez épeler ?
– Bien sûr. L, H, O, S, P, I, E, D.
– C'est le 38 09 00 38.
– Le 38 09 00 38. Merci, madame.

e. – Oui ?
– Je voudrais le numéro de téléphone de M. Charles Rieu-Sec, à Orléans.
– Vous pouvez épeler ?
– Bien sûr. R, I, E, U, trait d'union, S, E, C.
– C'est le 38 38 14 13.
– Pardon ?
– 2 fois 38 14 13.
– Merci, madame.

f. – Oui ?
– Je voudrais le numéro de téléphone de M. Paul Painçal, à Angers.
– Paul comment ?
– Painçal. Ça s'écrit P, A, I, N, C cédille, A, L.
– C'est le 41 40 10 11.
– Le 41 40 10 11. Merci !

Dossier 4

6. Quel est son numéro de téléphone ?

a. – Quel est votre numéro de téléphone ?
– C'est le 13 35 67 89.

b. – Quel est votre numéro de téléphone ?
– C'est le 73 75 77 89.

c. – Vous avez le téléphone ?
– Bien sûr ! C'est le 81 85 86 90.

d. – Vous avez le téléphone ?
– Bien sûr ! C'est le 91 95 81 85.

e. – Vous avez le téléphone ?
– Oui ! C'est le 18 78 98 08.
– Le combien ?
– Le 18 78 98 08.

7. Complétez le tableau.

a. L'entreprise Ricou (ça s'écrit R, I, C, O, U) n'a pas de points de vente, mais elle a, bien sûr, des bureaux, où il y a 13 employés. Son chiffre d'affaires est de 76 millions de francs (MF).

b. – Comment s'appelle votre entreprise ?
– GIJAU. Ça s'écrit G, I, J, A, U.
– Vous êtes combien chez GIJAU ?
– 94.
– Et quel est votre chiffre d'affaires ?
– 78 millions, cette année.

c. – Comment s'appelle votre société ?
– Héryque.
– Comme le prénom ?
– Non. Ça s'écrit H, E accent aigu, R, Y, Q, U, E.
– Vous êtes combien dans votre société ?
– Nous sommes 184.
– Vous avez une usine ?
– Non, nous en avons 3.

– Et quel est votre chiffre d'affaires?

– 216 millions, cette année.

d. – Je suis employée chez Façu. Ça s'écrit avec un C cédille. Cette année, nous avons 15 points de vente et 1 387 employés, pour un chiffre d'affaires de 1 270 millions.

e. Société Vannillyx ; V, A, deux N, I, deux L, Y, X. Directeur : Christophe Lambert. 3 points de vente, 996 employés, et un chiffre d'affaires de 789 millions de francs.

Dossier 5

8. Masculin ou féminin ?

a. Vous êtes française ?
b. Vous êtes suisse ?
c. Vous êtes canadien ?
d. Vous êtes anglais ?
e. Vous êtes grec/que ?
f. Vous êtes belge ?
g. Vous êtes français ?
h. Vous êtes espagnol(e) ?
i. Vous êtes portugais ?
j. Vous êtes allemande ?

9. Complétez le tableau.

• L'Argentine a 2 700 000 km^2 et 29 millions d'habitants.

• La Pologne a 312 000 km^2 et 37 millions d'habitants.

• La Suède a 450 000 km^2 et 8 millions d'habitants.

• La Norvège a 324 000 km^2 et 4 millions 200 000 habitants.

• La Turquie a 779 000 km^2 et 51 millions d'habitants.

• La Chine a 9 500 000 km^2 et on ne connaît pas exactement le nombre de ses habitants.

Dossier 6

7. Masculin ou féminin ?

a. vos clients
b. nos clientes
c. vos techniciens
d. leurs ingénieurs
e. des touristes
f. des commerçantes
g. vos techniciens
h. des secrétaires

8. « Ont » ou « sont » ?

a. Ils ont
b. elles sont
c. elles ont
d. ils ont
e. elles sont
f. ils sont
g. elles sont
h. elles ont

Dossier 7

5. Notez les heures que vous entendez.

a. J'ai rendez-vous à 3 h 10.
b. À 5 heures et demie, ça va ?
c. Vous venez avant 11 heures et quart ?
d. À 11 heures, je suis en réunion.
e. Vous pouvez avoir un rendez-vous à midi moins 25.

f. Je suis d'accord pour vous rencontrer à 10 heures moins 20.
g. Vous pouvez venir à 9 h 20 ?
h. La réunion ? C'est à 6 heures moins le quart !

6. Répondez à la question.

a. Quel mois vient avant avril ?
b. Quel est le jour entre le mardi et le jeudi ?
c. Quel est le premier jour de la semaine ?
d. Après samedi, qu'est-ce qu'il y a ?
e. Quel mois vient après juillet ?
f. Quel est le premier mois de l'année ?
g. Avant octobre, qu'est-ce qu'il y a ?
h. Quel jour vient après jeudi ?

7. Notez les dates que vous entendez.

a. C'est possible, le 27 mai ?
b. Le 11 juin 1995 ? Désolé, je ne suis pas libre…
c. C'est d'accord pour le 17 août 1997.
d. Le 1er avril ? Ah non, ça ne va pas !
e. Le 31 janvier 1999, ça vous va ?
f. Le 2 février 1998 ? Entendu !
g. Le magasin est fermé le 15 mars 2000.
h. Le vendredi 13 avril 2013 ? Un instant, je prends mon agenda.

Dossier 8

6. Masculin ou féminin ?

a. Vous êtes occupé(e) à midi ?
b. Vous êtes nouvelle dans l'entreprise ?
c. Vous êtes très petite !
d. Vous êtes compliqué(e) ?
e. Vous êtes grand, vous !
f. Vous êtes grande, vous !
g. Vous êtes nouveau, dans l'entreprise ?
h. Vous êtes un peu petit…

7. Vrai ou faux ?

a. Je travaille de 8 heures à midi et de 2 à 6.
b. Je travaille de 9 h à 13 h et de 14 h 30 à 18 h.
c. Au restaurant, ils prennent leurs congés en juillet.
d. Vous pouvez visiter la foire du 17 au 26 août.
e. J'ai une pause d'un quart d'heure pour le déjeuner.
f. Je ne reste jamais très longtemps à Paris : 72 heures, c'est tout.

Dossier 9

7. Vrai ou faux ?

a. Je viens demain matin.
b. Je téléphone après-demain.
c. Désolée, je ne suis pas libre le mardi après-midi…
d. Je peux faire ce travail dans 4 jours.
e. Je viens à 19 h30. Ça va ?
f. Mon magasin n'est pas ouvert la semaine prochaine.

Dossier 10

6. Singulier ou pluriel ?

a. Elles envoient une lettre.
b. Elles restent ensemble.
c. Il doit le savoir.
d. Ils se retrouvent à l'hôtel.
e. Elles ne le savent pas.
f. Il(s) visite(nt) leur pays.
g. Ils travaillent tous les deux à l'usine.
h. Ils organisent le congrès.
i. Elle peut y aller.
j. Eux, ils visitent la ville.

7. Est-ce que la réponse est correcte ?

a. – Au revoir, monsieur.
– Je vous prie de recevoir mes salutations distinguées.
b. – On y va ensemble ?
– D'accord, avec plaisir !
c. – Je viens vous prendre ce soir ?
– D'accord, bonsoir !
d. – Comment allez-vous ?
– Désolé, je ne peux pas y aller.
e. – On se retrouve à votre hôtel ?
– D'accord. À tout à l'heure !
f. – Vous venez au Salon avec moi ?
– D'accord, nous pouvons y aller ensemble.
g. – Vous y allez quand ?
– À demain !
h. – Vous y allez sans moi ?
– D'accord. Au revoir !

Dossier 11

5. Ça se trouve où ?

Trifouillis est une petite ville. À 30 mètres à droite du syndicat d'initiative, c'est-à-dire du bureau du tourisme, il y a une banque. C'est la principale banque de la ville. Dans la rue qui est derrière cette banque, il y a un restaurant, le restaurant « Chez Louis ». En face du restaurant, il y a un cinéma. Prenez la rue qui est entre le restaurant et le cinéma pour aller au boulevard Vallet : vous passez devant l'Hôtel de la Poste (sur votre droite), puis entre le bureau de poste, sur votre gauche, et le Café de la Poste sur votre droite. À gauche du bureau de poste, sur le boulevard, vous avez un grand magasin qui s'appelle Les Nouvelles Galeries. En face de ce grand magasin se trouve le Musée de la musique. À gauche du musée, il y a une rue, et dans cette rue, il y a une usine, l'usine Givex. Leurs entrepôts sont dans une petite rue à côté.

7. Où est-ce qu'elle va ?

Elle prend à droite, passe sur le pont, traverse une petite place et continue tout droit. Puis elle prend la deuxième rue à droite et la première à gauche, puis encore la première à droite. Elle est sur le boulevard Vallet. Puis, elle prend à gauche la petite rue entre le grand magasin et le bureau de poste et va tout droit. Après le cinéma, elle prend à droite, puis encore à droite. Elle fait encore une quinzaine de mètres et elle est chez elle.

Dossier 12

8. C'est loin d'ici ?

a. Leur atelier ? C'est à côté, à 2 minutes d'ici, derrière le parking.
b. Grenoble ? Ce n'est pas très loin en train : c'est à exactement 3 heures de train de Paris. Mais par la route, ça fait 450 kilomètres !
c. Vous savez, Andorre, c'est à 1 010 kilomètres de Paris, c'est-à-dire à 2 jours en voiture.
d. Genève ? Regardez la carte : c'est à 570 kilomètres d'ici, et le train met 3 heures 10 pour aller de Paris à Genève.
e. Bâle ? En Suisse ? C'est à 840 kilomètres de Paris, mais je ne sais pas combien de temps ça prend en train. Téléphonez à la SNCF !
f. Chartres se trouve à 78 kilomètres au sud-ouest de Paris, et à 39 minutes en train.

9. Répondre à une invitation.

– Vous pouvez venir dîner ce soir chez nous ?
a. – Merci beaucoup, très volontiers !
b. – C'est dommage ! je suis désolé(e).
c. – Comment ? En train ou par la route ?
d. – Entendu !
e. – Je suis très heureux !
f. – Avec plaisir !
g. – Désolée, je ne peux pas être présente.
h. – À ce soir !
i. – Excusez-moi, mais vous habitez trop loin…
j. – Oh, ça m'intéresse beaucoup !
k. – Je vous prie de recevoir l'expression de mes salutations distinguées.

Dossier 13

7. Insistance ?

a. Non merci !
b. Mais je vous dis que non !
c Je n'ai besoin de rien !
d. Je n'en ai vraiment pas besoin !
e. N'insistez pas, s'il vous plaît !
f. Encore une fois, non !
g. Non, non !
h. Je vous répète que non !
i. Je n'en manque pas !

8. Négation ou pas ?

a. Il n'y a rien du tout.
b. Nous n'en manquons jamais.
c. Elle en a assez.
d. On n'a pas d'argent.
e. On cherche du travail.
f. Ils n'ont plus de travail.
g. Je n'ai besoin de rien.
h. Il m'en faut un peu.
i. On en voudrait deux.

Dossier 14

8. *Singulier ou pluriel ?*

a. Il vaut 3 millions.
b. Ils font 3 000 mètres carrés.
c. Ils vendent leur appartement.
d. Ils utilisent tout le local.
e. Il suit les prix.
f. Elles achètent un logement.
g. Elle achète un logement.
h. Il fait quelle surface ?

9. *Combien ?*

a. C'est un local de 80 mètres carrés (m²) qui est situé au troisième étage d'un immeuble moderne. Le loyer est de 2 000 francs par mois, ce qui est bon marché. Vous pouvez me téléphoner au 12 34 45 77 aux heures des repas. Je répète : le 12 34 45 77.

b. Cet appartement de 99 m² est vraiment moderne. Et il ne coûte pas cher du tout : je le vends 980 000 francs. Vous êtes intéressé, alors téléphonez-moi au 11 87 85 95 pendant les heures de travail. Je répète mon numéro de téléphone : c'est le 11 87 85 95. À bientôt !

c. Je vends une splendide maison ancienne de 220 m² sur deux étages… Oui, il y a un garage… Pardon ? Ah, le prix ? 2 millions et demi. Ce n'est pas cher !… Si, elle est rénovée !… Téléphonez-moi demain… Le 76 96 11 41… non : 76 96 11 41. Au revoir, madame !

d. Elle loue un local commercial de 600 m² sur un étage, pour 6 500 francs par mois… Oui, il est au rez-de-chaussée… Oui, pour un magasin, il est très bien situé !… Oui, il est libre immédiatement… Oui, vous téléphonez au 45 87 44 15 pendant les heures de repas, ou vous envoyez une télécopie au 45 87 44 10… D'accord, au revoir !

Dossier 15

7. *Quelle est la réduction, et quel est le prix ?*

a. – Il coûte combien, cet ordinateur ?
– Il n'y a pas le prix ? Si, regardez : 8 500 francs.
– Oh, il est cher !
– Non, 8 500 francs pour cet appareil, ce n'est pas cher. Vous le prenez ?
– Et si je vous en prends trois, vous me faites un prix ?
– Pour trois, je peux vous proposer 10 % de réduction…
– Pas plus ?
– Désolé, pas plus… Ça fait 23 500 francs au total. Ça va ?
– Je vais réfléchir.
– Nous en avons aussi d'autres qui sont moins chers…

b. – Allô, ici Darmont.
– Ah, monsieur Darmont, j'ai votre devis ici. Vous nous proposez une réduction de 5 %

pour 5 appareils, et de 10 % pour 20 appareils.
– Oui, c'est ça… Alors, vous en prenez 20 ou plus ?
– 21, et la réduction de 10 %. Ça fait donc au total 16 632 francs, n'est-ce pas ?
– Pour 21, à 880 francs pièce… ça fait 18 480, moins la réduction… c'est exact, ça fait 16 632 francs.

8. *Il parle de quoi ?*
   Qu'est-ce que c'est ?

– Elle m'intéresse beaucoup… Oui, je sais que je ne dois pas réfléchir trop longtemps, parce qu'elle est valable seulement jusqu'au 15 mars… Oui… Mais je peux l'avoir écrite, s'il vous plaît, et avec le prix TTC, pour 5 exemplaires du modèle gris, là-bas ?
– Oui, bien sûr.

Dossier 16

8. *Il parle de quoi ?*
   Qu'est-ce que c'est ?

– J'y suis allé tout de suite après mon service militaire… J'y ai passé 3 ans, et j'ai dû beaucoup travailler pour avoir mon diplôme… Oui, je peux dire que j'y ai eu une bonne formation en commerce et en gestion des entreprises.

9. *Négation ou pas ?*

a. Ce n'est pas plus cher.
b. C'est plus difficile.
c. On en a plus.
d. La plus petite coûte plus cher.
e. Ça ne coûte rien.
f. Il est bien plus confortable.
g. On n'en a plus.
h. Je voudrais plus de congés.
i. Il m'en faut 2 de plus.

Dossier 17

7. *Vrai ou faux ?*

a. Je voudrais une chambre simple, s'il vous plaît.
b. Je voudrais un aller simple pour Marseille.
c. En première classe, s'il reste de la place, s'il vous plaît.
d. Le train part à quelle heure, s'il vous plaît ?
e. Je suis arrivée ici il y a 2 jours.
f. Non, je ne repars pas pour Paris après-demain. Je reste encore une nuit.
g. Bien sûr ! Vous m'avez même envoyé la confirmation de ma réservation !

8. *Il parle de quoi ?*
   Quel est le mot ?

– C'est dommage, parce que celle de mon départ, c'est aussi celle où notre client portugais vient nous voir… Je l'ai choisie il y a longtemps, et je l'ai encore confirmée hier. Alors maintenant, je ne peux plus rencontrer ce client…

Dossier 18

7. Masculin ou féminin ?

a. De quelle couleur ? Noir ou gris ?
b. L'employé(e) est vraiment navré(e).
c. Mon ami(e) est seul(e).
d. Mes amis sont vraiment spéciaux !
e. Pardon ? Simple ou double ?
f. Vous êtes célibataire ?
g. C'est normal !
h. Vous êtes toute rouge !

8. Singulier ou pluriel ?

a. Ils acceptent votre proposition.
b. Il(s) vous concerne(nt).
c. Elles prennent contact demain avec le P-D-G.
d. Elle lit le journal.
e. Elle(s) marche(nt) assez mal, actuellement.
f. Il(s) proteste(nt) contre votre facture.
g. Est-ce qu'il(s) rembourse(nt) le billet d'avion ?
h. Ils échangent l'ancienne machine contre une nouvelle.

Dossier 19

8. Masculin ou féminin ?

a. Je l'ai comprise très bien.
b. Je l'ai vraiment mal prononcé(e).
c. Je l'ai traduite en français.
d. Mais il l'a déjà dite deux fois !
e. Il l'a voulue complètement différente.
f. Elle l'a appelé(e) tout de suite quand elle est revenue.
g. Elles l'ont utilisé(e) seulement trois fois de plus.
h. Ils l'ont vraiment très bien fait !
i. Ils l'ont reprise sans protester.

9. Quel est le mot ?

J'en ai un qui est très complet et très bien fait. Mais je l'utilise seulement quand j'ai un problème… et pas beaucoup, parce que ça prend du temps. Souvent, je le regarde pour les petits mots de 2 ou 3 lettres que j'oublie très facilement.

Dossier 20

8. Quel est le mot ?

À mon avis, il nous pose deux problèmes : d'une part, il n'est pas assez important, et nous manquons actuellement de pièces pour les réparations ; d'autre part, l'inventaire a confirmé que nous devons le modifier : on y trouve trop de pièces qui sont pour de vieux modèles, et qui ne nous servent plus à rien.

Dossier 21

8. Ça fait combien, maintenant ?

a. Notre production, qui était de 290 véhicules par jour, stagne depuis dix ans.
b. Ces dernières années, les exportations atteignaient en général 10 millions de francs. Mais cette année, elles ont baissé de 10 %.
c. Le nombre d'abonnements à notre journal, qui était de 183 000 est resté stable.
d. L'an dernier, nos recettes étaient de 173 millions. Or, cette année, nous allons réaliser autant de recettes que l'an dernier.
e. Le prix d'un journal, qui était de 7,50 francs jusqu'à maintenant, a augmenté de 1,20 franc.
f. Nos dépenses de publicité ont légèrement dépassé celles de l'an dernier, qui atteignaient 12 millions et demi.
g. Nous avons fait une erreur quand nous avons fait l'inventaire : nous n'avons pas 583 pièces en stock, mais le double, exactement.
h. Il y a 8 ans, je gagnais 7 000 F par mois. Maintenant, je gagne trois fois plus.

9. Quel est le mot ?

Bien sûr, grâce à elle, nous augmentons fortement nos ventes, mais elle nous coûte, aussi, assez cher et il nous faut donc réfléchir à cela. À mon avis, maintenant que nous sommes connus sur le marché, nous pouvons limiter son budget.

Dossier 22

7. Sûre ou pas sûre ?

a. J'ai cru qu'elle marchandait encore.
b. J'étais sûr de leur succès.
c. Je me demandais s'ils allaient signer le contrat.
d. Il me semblait difficile de m'en réjouir tout de suite.
e. Je vous garantis que ce produit est aux normes européennes.
f. C'est vraiment inadmissible !
g. Je trouve qu'il est d'assez mauvaise qualité.
h. Je suis certaine que c'est la solution la pire !

8. Masculin ou féminin ?

a. Vous êtes débutante ?
b. Vous êtes resté(e) tout le temps très calme.
c. Je l'ai trouvée intéressante.
d. Vous en êtes certain ?
e. Vous me semblez très sûr(e) de vous !
f. Je l'ai trouvé trop gros.
g. C'est vrai ?
h. Il l'a trouvée trop mauvaise pour s'en réjouir.

9. Quel est le mot ?

Ah, c'est une activité qui prend du temps et que moi, personnellement, je n'aime pas beaucoup. Mais mon collègue Albert, lui, il aime ça, et il fait ça très bien. Il commence toujours en déclarant que le produit n'est pas d'assez bonne qualité pour son prix et qu'il voudrait une offre plus intéressante. Il peut discuter ainsi pendant une heure ou deux du prix, avant de signer le contrat. Pour lui, c'est un peu comme un sport…

Dossier 23

7. Singulier ou pluriel ?

a. Depuis 5 ans, ils vivent de mieux en mieux.
b. Cette année, elles investissent moins que l'an dernier et c'est dommage !
c. Ils prendront sans doute cette décision l'an prochain.
d. Il(s) constate(nt) une forte amélioration de son résultat.
e. Elle(s) prévoi(en)t que cette tendance continuera pendant au moins 3 ans.
f. Elle améliore encore leur taux d'erreur grâce à sa stratégie.
g. Ils n'y croiront certainement pas !
h. Sur le terrain, leur objectif semble difficile à atteindre.

8. Cela fera combien ?

a. Nous le proposons actuellement à un prix de 2 500 francs. Mais après le marchandage, nous le vendrons probablement à 10 % de moins.
b. Le taux de chômage est de 12,5 %, et l'objectif du gouvernement est de le réduire de 2 % sur 3 ans.
c. Nous prévoyons que notre chiffre d'affaires, qui se monte à 76 millions cette année, s'améliorera de 5 millions l'an prochain.
d. Nous vendons 2 000 machines à 7 000 francs pièce, mais nous avons l'intention d'en vendre 2 fois plus au même prix l'an prochain. Si notre stratégie est la bonne, nous arriverons à en vendre autant que prévu.

e. Notre avenir est assez noir étant donné que la tendance actuelle, d'après les experts, est à une réduction d'un quart par an pour notre résultat qui était jusqu'ici de 888 000 francs par an.
f. Nous dépasserons d'un peu moins de 9 000 francs nos recettes qui n'atteignent que 270 000 francs actuellement.

9. Quel est le mot ?

Quand on en a une, on y pense beaucoup, évidemment, parce que beaucoup de décisions en dépendent ; par exemple : la taille de l'appartement, ou le type de vacances que l'on peut prendre, etc. Moi… la mienne n'est pas très grande : nous sommes 5 seulement, mais elle est très importante dans ma vie…

Dossier 24

8. Quel est le mot ?

Comme tout le monde, il m'intéresse beaucoup et je souhaite l'obtenir. Mais cela sera difficile à cause du nombre de candidats. Mais avec mon ancienneté, je l'aurai, sauf s'il y a un candidat qui a de meilleures relations que moi dans la direction.

9. Ils sont optimistes ou pessimistes ?

a. J'ai tendance à tout réussir.
b. Je me demande si j'en suis capable.
c. Je risque tout pour tout gagner…
d. Je vois mon avenir tout en rose. Pas vous ?
e. Pour réussir, il suffit généralement d'essayer.
f. Cette année a mal commencé, ce qui est dommage. Cependant, je ne suis pas pessimiste : il me reste en effet quelques possibilités d'atteindre mes objectifs.

FRANÇAIS	ALLEMAND	ANGLAIS	ESPAGNOL	ITALIEN	PORTUGAIS
			A		
à	nach/in/auf/an/bei zu/um	to	A	a	até, em
abonnement	Abonnement	subscription	suscripción	abbonamento	assinatura, subscrição
(d') abord	zuerst/erst	first of all	primeramente	anzitutto	em primeiro lugar
absent/e	abwesend	absent	ausente	assente	ausente
accent	Akzent (Gravis/Akut)	accent	acento	accento	açento
accepter	annehmen	to accept	aceptar	accettare	aceitar
acheter	kaufen	to buy	comprar	comprare	comprar
(d') accord	einverstanden	in agreement/okey	de acuerdo	d'accordo	de acordo
accueil	Empfang	reception	acogimiento -recepción	ufficio/informazioni	acolhimento, recepção
accueillir	empfangen	to welcome	recibir	accogliere	acolher, receber
action	Aktie	share	acción	azione	titulo, acção
activité	Tätigkeit	activity	actividad	attività	actividade
actuel/elle	aktuell	of the present day -	actual	attuale	actual
actuellement	augenblicklich/momentan	presently	actualmente	attualmente	actualmente
adjoint	Assistent/Stellvertreter	assistant	adjunto	vice	adjunto, auxiliar
administration	Verwaltung/Geschäftsführung	administration - management	administración	amministrazione	administração, gerência
adresse	Adresse/Anschrift	address	dirección	indirizzo	direcção, endereço
(s') adresser à	sich wenden an	to speak to	dirigirse a	rivolgersi a	dirigir - se a
aéroport	Flughafen	airport	aeropuerto	aeroporto	aeroporto
affaires	Geschäfte	business	negocios	affari	negócio
agence immobilière	Immobilienhändler/ Maklerbüro	estate - agency	agencia immobiliaria	agenzia immobiliare	agência imobiliária
agenda	Terminkalender	diary	agenda	agenda	agenda
agent commercial	Kaufmann	trading - agent	agente comercial	addetto commerciale	agente comercial
agréable	angenehm	pleasent	agradable	piacevole	agradável
agro-alimentaire	Ernährungswirtschaft	food industry	agro-alimentario	agro-alimentare	agro-alimentar
aigu	scharf	acute/sharp	agudo	acuto	agudo
aimer	mögen	to love - to like	querer	piacere	amar, gostar
(j') aimerais	ich möchte	I would like	quisiera	mi piacerebbe	gostava, gostaria
Allemagne	Deutschland	Germany	Alemania	Germania	Alemanha
allemand/e	deutsch	german	alemán	tedesco/a	alemão/mã
allô ?	hallo !	hello !	¡ hola !	Pronto ?	está lá ?, está ?
aller à	gehen nach/in/zu	to go to	ir a	andare a	ir a
allocution	Ansprache	short speech - allocution	alocución	allocuzione	alocução, discurso
alors	also gut	then	entonces	allora	então, sendo assim
alphabet	Alphabet	alphabet	alfabeto	alfabeto	alfabeto, abecadario
amélioration	Verbesserung	improvement	mejora	miglioramento	melhoramento, melhoras
améliorer	verbessern	to improve	mejorar	migliorare	melhorar
américain/e	amerikanisch	american	americano	americano/a	Americano/a
ami/e	Freund	friend	amigo	amico	amigo/a
an	Jahr	year	año	anno	ano
ancien/enne	alt/ehemalig	ancient	antiguo	vecchio/a	antigo/a, velho/a
anciennement	ehemalig	formely	antigüamente	prima	antigamente, outrora
ancienneté	Anzahl der Berufsjahre`	antiquity	antigüedad	anzianità	antiguidade
anglais/e	englisch	english	inglés	inglese	ingles/a
année	Jahr	year	año	anno	ano
anniversaire	Geburtstag	anniversary, birthday	aniversario	compleanno	aniversário
petite annonce	Kleinanzeige	advertisement - ad	anuncio	annuncio	pequeno anúncio
anonyme	anonym	anonymous	anónimo	anonimo	anónimo
août	August	august	agosto	agosto	agosto
apéritif	Aperitif	appetizer	aperitivo	aperitivo	aperitivo
apostrophe	Apostroph	apostrophe	apóstrofe	apostrofo	apóstrofe
appareil	Apparat/Gerät	appliance - device	aparato	macchina	aparelho, máquina
appartement	Wohnung	flat	piso	appartamento	apartamento, andar
appeler	anrufen	to call - to ring	llamar por teléfono	chiamare	chamar
(s') appeler	heißen	to call oneself	llamarse	chiamarsi	chamar-se
après	nach/nachher/danach	after	después	dopo	depois de, após
(d') après	nach	according to	según	secondo	segundo, conforme
après-demain	übermorgen	the day after tomorrow	pasado - mañana	dopodomani	depois de amanhã
après-midi	Nachmittag	afternoon	la tarde	pomeriggio	tarde, tardinha
apprendre	lernen/erfahren	to learn	aprender	imparare	aprender, estudar

argent	Geld	money	dinero	soldi, denaro	dinheiro
arrêter	aufhören	to stop	parar	smettere	deter, parar
arriver	ankommen	to get to - to arrive	llegar	arrivare	chegar, vir
article	Artikel/Ware	goods - article	artículo	articolo	artigo, mercadoria
assez	genug	enough	bastante	abbastanza	bastante
association	Verband	association, partnership	asociación	associazione	associação
associé/e	Geschäftsteilhaber	associate, partner	asociado	socio/a	associado/a, sócio/a
assurances	Versicherungen	insurance	seguros	assicurazioni	seguro
atelier	Fabrikhalle	workshop	taller	officina	oficina
atteindre	erreichen	to reach	alcanzar	raggiungere	alcançar, atingir
(à l') attention de	zu Händen von	for the attention of	para	all'attenzione di	à atenção de, para
au	in, nach	in, to	al	in al, a lo	em, no
augmentation	Erhöhung	increase	aumento	aumento	aumento, acréscimo
augmenter	erhöhen	to increase	aumentar	aumentare	aumentar, acrescentar
aujourd'hui	heute	today	hoy	oggi	hoje, hoje em dia
aussi	auch/so... wie/so	also – as... as – therefore	también/tan como/ entonces	anche, tanto, quindi	também, igualmente tão... como, por isso, então
Australie	Australien	Australia	Australia	Australia	Australia
australien/enne	australisch	australian	australiano	australiano/a	australiano/a
autant que	soviel wie	as much as	tanto como	tanto quanto	tanto como, quanto
autoroute	Autobahn	motorway	autoruta	autostrada	auto-estrada
autre	ander + décl	other	otro	altro	outro
autre chose	etwas anderes	something else	otra cosa	altra cosa	outra coisa
(d') autre part	andererseits	on the other side	por otra parte	d'altra parte	por outro lado, além disso
Autriche	Österreich	Austria	Austria	Austria	Áustria
autrichien/enne	österreichisch	austrian	austríaco	austriaco/a	austríaco/a
avant	vorher	before	antes	prima	antes
avant de	bevor	before (...ing)	antes de	prima di	antes de
avec	mit	with	con	con	com
avenir	Zukunft	future	porvenir	futuro	futuro
avenue	Straße/Allee	avenue	avenida	viale	avenida
avion	Flugzeug	plane	avión	aereo	avião
avis	Meinung	opinion	opinión	parere	opinião
(à mon) avis	meiner Meinung nach	in my opinion	en mi opinión	a mio parere	na minha opinião
avril	April	april	abril	aprile	abril
avoir	haben	to have (got)	tener	avere	ter, haver

B

bac/baccalauréat	Abitur	school leaving certificate	bachillerato	baccalaureato (= diploma di maturità)	exame do 12° ano
baisse	Senkung	drop - decline	baja	diminuzione	baixa, diminuição
baisser	senken	to lower	bajar	abbassare	baixar, abaixar
bancaire	banküblich/bankgeschäftlich	banking	bancario	bancario	bancario
banlieue	Vorort	suburb - outkirt of...	suburbio	periferia	subúrbio, arredores
banque	Bank	bank	banco	banca	banco
bar	Bar	bar	bar	bar	bar, botequim
bateau de plaisance	Sportboot	yacht	yatch	battello da diporto	barco de recreio
bâtiment	Gebäude	building	edificio	edificio	edifício, prédio
beaucoup	viel	a lot of - many	mucho	molto	muito
belge	belgisch	belgian	belga	belga	belga
Belgique	Belgien	Belgium	Bélgica	Belgio	Bélgica
(avoir) besoin de	brauchen	to need to	necesitar	aver bisogno di	precisar de
bien	gut	well	bién	bene	Bem, bom
bien sûr	natürlich/sicher	of course	por supuesto	naturalmente	com certeza
biens	Güter	property	bienes	beni	bens
bientôt	bald	soon	pronto	presto	logo
bienvenue !	willkommen	welcome !	¡ bienvenida !/os	benvenuti !	boas vindas, bem vindo/a
bilan	Bilanz	balance	balance	bilancio	balanço
billet	Flugschein	ticket	pasaje	biglietto	bilhete
boîte postale/BP	Postfach	Post Office box	casilla de correo	casella postale/CP	caixa postal
bon/bonne	gut	good	bueno / buena	buono/a	bom (boa)
bon !	also was ?	well !	¡ bueno !	allora !	bom !, está bem !
bon de commande	Bestellschein	order form	vale de pedido	bolla d'ordinazione	requisição, encomenda
bon marché	billig	cheap	barato	a buon mercato	barato
bonjour	guten Tag	good morning/good afternoon/ good day	buen diá - buenos días	buongiorno	bom-dia/ boa tarde

bonsoir	guten Abend	good evening	buenas noches	buonasera	boa(s)-tarde(s), boa noite
boutique	Laden	shop	tienda	negozio	loja
branche	Geschäftszweig/Branche	branch	rama	ramo	ramo (de actividade)
bruit	Lärm	noise	ruido	rumore	barulho, ruído
BTS	höheres Technikerdiplom	technical qualification	C.T.S.	diploma di tecnico	exame técnico
budget	Budget/Haushalt	budget	presupuesto	bilancio	orçamento
bureau	Büro/Schreibtisch	office/study	despacho	studio, lavoro, fabbrica	escritório

C

C.A.	Umsatz	turnover	C.A.- volúmen de ventas	Cifra d'affari	receita bruta, volume de vendas
ça	dies/das	that	eso	questo/a	isto, isso, aquilo
café	Kneipe	coffee	café	bar	café
caisse	Kasse	cashier - box	caja	cassa	caixa
calculatrice	Taschenrechner	calculator	calculadora	calcolatrice	calculadora
calme	ruhig	quiet	calma	calmo	calma, sossegado/a
camion	Lastwagen	lorry	camión	camion	camião
Canada	Kanada	Canada	Canadá	Canada	Canadá
canadien/enne	kanadisch	Canadian	canadiense	canadese	canadiano/a
candidat/e	Bewerber/Bewerberin	candidate	candidato	candidato/a	candidato/a
campagne	Land	country side	campo	campagna	campo
capable de	fähig zu	able to	capaz de	capace di	capaz de
capital	Kapital	capital	capital	capitale	capital
capital social	Betriebskapital	social capital	capital social	capitale sociale	capital social
capitale	Hauptstadt	capital city	capital	capitale	capital cidade
car	denn	because	pués	perché	pois
carrefour	Kreuzung	cross - roads	cruce	incrocio	encruzilhada, cruzamento
carte	Karte	map	tarjeta	carta	mapa, planta
carte bancaire	Kreditkarte	banker's card	tarjeta bancaria	carta di credito	cartão automatico
carte de visite	Visitenkarte	visiting card	tarjeta	biglietto da visita	cartão de visita
catastrophe	Katastrophe	catastrophe	catástrofe	catastrofe	catástrofe
cave à vins	Weinkeller	wine cellar	bodeguilla	cantina	garrafeira
ce/cette/ces	dieser/dieses/diese/diese	this/those	eso - esa - esos - esas	questo/a/i/e	este, esta;
ce que/qui	was	what	lo que	ciò che	estes, estas o que
cédille	Cedille	cedilla	cedilla	cediglia	çedilha
CE	EWG	E.C.	C.E.	CE	Comunidade europeia
célibataire	ledig	bachelor - single	soltero/a	celibe	solteiro/a
celui/celle/ceux	der/die/die	the one - those	el que/la que-los que/las que	quello/a/i/e	o que/a que - os que/as que
celui-ci	dieser	this one	éste	questo	este
celui-là	jener	that one	ése	quello	esse
cependant	jedoch	nevertheless	sin embargo	tuttavia	entretanto
certain/e	gewiß	some - certain	cierto/a	certo/a	certo/a, seguro/a
c'est	das ist	it is	es	è	é
c'est ça !	das ist richtig	that's it !	eso es	va bene ! ecco	isto é
chambre	Zimmer	room	habitación	camera	quarto, aposento
changement	Änderung/Wechsel	change	cambio	cambiamento	mudança, troca
changer	umsteigen, umziehen (sich)	to change	cambiar de	cambiare	mudar, trocar
chaque	jeder/jedes/jede	each	cada	ogni	cada
château	Schloß	castle	castillo	castello	castelo, palácio
chef	Chef	head - principal - chief	jefe	capo	chefe
cher/ère	teuer	expensive	caro/a	caro/a	caro, cara
chercher	suchen	to look for	buscar	cercare	procurar, buscar
chez	bei	in s.b's house	en lo de	da	em casa de, a casa de
chiffre d'affaires	Umsatz	turnover	volúmen de negocios	cifra d'affari	receita bruta, volume de vendas
chimie	Chemie	chemistry	química	chimica	química
Chine	China	China	China	Cina	China
chinois/e	chinesisch	chinese	chino/a	cinese	chinês/nesa
choisir	wählen	to choose	elegir	scegliere	escolher, preferir
cinéma	Kino (das)	cinema	cine	cinema	cinéma
clair	offenbar/klar	obvious	claro - obvio	chiaro	claro, óbvio
classe	Kategorie	class	clase	tipo	classe
classement	Einteilung	classification	clasificación	classifica	classificação
client/e	Kunde/Kundin	customer	cliente/a	cliente	cliente, freguês
clôture	Schluß	closing	cierre	chiusura	encerramento
club	Klub	club	club	circolo	clube

collectif/ive	gesamt	collective - joint	colectivo - reunido	collettivo	colectivo
collègue	Kollege	colleague	colega	collega	colega
combien de ?	wieviel ?	how many ?	¿ cuántos/as ?	quanto/a/i/e	quantos/quantas ?
combien de temps ?	wie lange ?	how long ?	¿ cuánto tiempo ?	quanto tempo	quanto tempo ?
comité	Ausschuß	commission - commitee	comité	comitato	comissão, junta
commande	Auftrag/Bestellung	order	pedido	ordinazione	encomenda
commander	bestellen	to order	encargar	ordinare	encomendar
comme	als/wie/da	as - like - since	como - ya que	in qualità di, come, siccome	como, assim como, visto que
commencer à	anfangen (mit)	to begin to	empezar a - comenzar	cominciare a	comaçar a
comment ?	wie ?	how ?	¿ cómo ?	come ?	como, de que maneira ?
commerçant	Kaufmann/Händler	tradesman	comerciante	commerciante	comerciante, negociante
commerce	Handel	trade	comercio	commercio	comércio
commercial/e	geschäftlich/kaufmännisch	commercial/trading	comercial	commerciale	comercial
communication	Verbindung / Nachricht	communication	comunicación	comunicazione	comunicação
communiqué	Mitteilung	official statement	comunicado	comunicato	comunicado
complet/ète	vollständig	complete	completo/a	completo/a	completo/a, inteiro/a
compliqué/e	kompliziert	complicated	complicado/a	complicato/a	complicado/a
comprendre	verstehen	to understand	comprender/entender	capire	compreender, entender
comptabilité	Buchhaltung	accountancy	contabilidad	contabilità	contabilidade
compte rendu	Bericht	report	informe	resoconto	acta, relatório
à compter de	von ... an	with effect from	a contar de	a partire da	à partir de
concerner	betreffen	to concern	concernir	concernere	dizer respeito a
conclusion	Schlußfolgerung	conclusion	conclusión	conclusione	conclusão
condition	Bedingung	condition	condición	condizione	condição
(à) condition de	unter der Bedingung daß	providing	a condiction/de	a condizione che	com a condição que
confirmation	Bestätigung	confirmation	confirmación	conferma	confirmação
confirmer	bestätigen	to confirm	confirmar	confermare	confirmar
confortable	bequem	confortable	confortable	comodo	confortável
congés	Urlaub	bank - holiday	feriados	ferie	férias
congrès	Kongreß	congress	congreso	congresso	congresso
connaître	kennen/erleben	to know, to experience	conocer	conoscere	conhecer, experimentar, sofrer
conseil d'administration	Verwaltungsrat	board of directors	consejo de administración	consiglio d'amministrazione	conselho de administração
constater	feststellen	to note	constatar - comprobar	constatare	verificar, comprovar
prendre contact	Verbindung aufnehmen mit	to get in touch with	tomar contacto con	prendere contatto con	tomar contacto com
content/e	zufrieden	happy	contento/a	contento/a	contante, alegre
continu/e	durchgehend	on going/continuous	contínuo/a a	continuo/a	contínuo/a
continuer à	weiter... (machen/arbeiten)	to carry on (... ing)	continuar a	continuare a	continuar, prosseguir
contrat	Vertrag	contract	contrato	contratto	contrato
contrôle	Prüfung	control	control	controllo	verificação
(à) côté de	neben/in der Nähe	next to	al lado de	accanto a	ao lado de
couleur	Farbe	colour	color	colore	côr
coûter	kosten	to cost	costar	costare	custar
couverture	Einband	cover	tapa	copertina	capa
crédit	Kredit	credit	crédito	credito	crédito
crise	Krise	crisis	crisis	crisi	crise
croire que	glauben, daß	to believe that	creer que	credere che	crer que, achar que
croissance	Wachstum	increase/growing up	crecimiento	crescita	crescimento
curriculum vitae/CV	Lebenslauf	curriculum vitae	curiculum vitae	curriculum vitae	curriculum vitae

D

dans	in	in - within	en - dentro	in, tra	em, dentro de
date	Datum	date	fecha	data	data
de/du/des	von	of	de - del - de la/s de lo/s	di, del/dello, degli, delle	de, do, da, dos, das
début	Anfang	beginning	comienzo - principio	inizio	princípio, começo
débutant/e	Anfänger/Anfängerin	beginner	debutante	principiante	principiante, estreante
décembre	Dezember	december	diciembre	dicembre	dezembro
décision	Entschluß	decision	decisión	decisione	decisão, resolução
déclarer	erklären (Steuer)	to declare	declarar	dichiarare	declarar, manifestar
déjà	schon	already	ya	già	já
déjeuner	zu Mittag essen	to have lunch	almorzar	pranzo	almoço
délégué/e	Beauftragter/Personalvertreter	delegate	delegado/a	delegato/a	delegado/a
demain	morgen	tomorrow	mañana	domani	amanhã
demande	Stellengesuch/Nachfrage/Forderung	application - demand - request	pedido - demanda - exigencia	domanda - richiesta	procura, pedido, requerimento

demander si	fragen, ob	to ask if	preguntar si	chiedere se	perguntar se
(se) demander si	sich fragen, ob	to wonder if	preguntarse si	chiedersi se	perguntar a si próprio
demi	halb	half	medio/a	mezzo	meio, metade
départ	Abfahrt	departure	partida	partenza	partida, saída
dépasser	überschreiten	overcome - to be beyond	sobre pasar - (pasar)	superare	passar adiante, ultrapassar
dépense	Ausgabe	expense - expenditure	gasto	spesa	despesa
depuis	seit	since	desde	da	desde, depois de
dernier/ère	letzter/letztes/letzte	last	último/a	ultimo/a	último/a, derradeiro/a
(l') an dernier	letztes Jahr	last year	el año pasado	l'anno scorso	no ano passado
derrière	hinter	behind	atrás/detrás	dietro	detrás de, por detrás de
désirer	wünschen	to wish	desear	desiderare	desejar
désolé/e	es tut mir leid/leider	sorry	lo siento	spiaciuto/a	sinto muito
destinataire	Empfänger	addressee	destinatario	destinatario	destinatário
devant	vor/vorn	in front of	delante	davanti	diante, em frente
devenir	werden	to become	llegar a	diventare	tornar-se, fazar-se
devis	Kostenvoranschlag	estimate	presupuesto	preventivo	orçamento, cálculo de obra
devoir	müssen	must - to have to	deber - tener que	dovere	dever
dictionnaire	Wörterbuch	dictionary	dicciónario	dizionario	dicionário
différent/e	verschieden	different	diferente	diverso/a	diferente
différemment	unterschiedlich	differently	diferentemente	diversamente	diferentemente
difficile	schwierig	difficult	difícil	difficile	difícil, custoso
dimanche	Sonntag	sunday	domingo	domenica	domingo
diminuer	verringern	to reduce - to diminish	disminuir	diminuire	diminuir, minorar
diminution	Verringerung	decrease - reduction	disminución	diminuzione	diminuição, redução
dîner	Abendessen	dinner	cena	cena	jantar
diplôme	Diplom/Zeugnis	degree	diploma	diploma	diploma
dire	sagen	to say	decir	dire	dizer
(ça veut) dire	das heißt	it means	quiere decir	significa	isto quere dizer
directeur/trice	Direktor/Direktorin, Leiter/Leiterin	director - manager	director/a	direttore/direttrice	director/a
direction	Richtung	direction - course	dirección	direzione	direcção
(en) direction de	in Richtung	to	en dirección a	verso	em direcção a
directoire	Direktion/Geschäftsleitung Vorstand (AG)	directory	directorio	collegio direttivo	directório
discours	Rede	speech	discurso	discorso	discurso
discuter	besprechen/verhandeln	to discuss	discutir	discutere	discutir, debater
disquette	Diskette	floppy disk	disqueta	dischetto	disquette
donc	also	so - therefore	entonces	dunque	então
donner	geben	to give	dar	dare	dar
(étant) donné que	da	inasmuchas	dado que	dato che	sendo assim, dado que
dont	dessen/deren	which	del cual/de la cual	di cui	do(a) qual, dos(as) quais
double	doppelt	double	doble	doppio	duplo(a), dobro
douche	Dusche	shower	ducha	doccia	chuveiro
sans doute	zweifellos	without doubt	sins duda	indubbiamente	sem dúvida
droit	Recht	right	derecho	diritto	direito
à droite	rechts	to the right	a la derecha	a destra	à direita
durée	Dauer	length	duración	durata	duração
durer	dauern	to last	durar	durare	durar
dynamique	dynamisch	dynamic	dinámica	dinamico/a	dinâmico

E

échanger	umtauschen	to exchange	intercambiar	scambiare	trocar, permutar
école	Schule	school	escuela	scuola	escola
écouter	zuhören	to listen	escuchar	ascoltare	escutar, ouvir
(s') écrire	sich schreiben	to write to each other	escribirse	scriversi	escrever-se
effectifs	Personalbestand	staff	el personal	effettivi	efectivos
en effet	in der Tat	as a matter of fact	en efecto	infatti	com efeito
en effet !	allerdings !	indeed !	¡en efecto !	effettivamente !	de facto !
égaler	gleichkommen/gleichstellen	to equal	igualar	uguagliare	igualar
elle/elles	sie	she - they	ella/s	ella, lei/loro, essa/esse	ela/s
emploi	Arbeitsstelle	employement	empleo	impiego	emprego
employé/e	Angestellter/Angestellte	employee	empleado/a	impiegato/a	empregado/a
en	in/im/in der/davon	in/of it/this	en - de eso - de ahí/allí	in, ne	em, disso, daí
enchanté/e !	es freut mich sehr...	nice to meet you - delighted	encantado/a	piacere !	encantado/a
encore	noch, immer noch	more, still	más, todavia	ancora	ainda, mais, novamente, outra vez

endroit	Ort, Platz, Stelle	place	lugar	luogo	sítio, lugar
ensemble	zusammen	together	juntos/as - conjunto	insieme	juntos/as
l'ensemble de	die Gesamtheit/das Ganze	the whole	el conjunto de	l'insieme di	conjunto de (tudo, todos)
entendu	einverstanden	all right!	entendido!	d'accordo	está bem, está bom
entre	zwischen	between	entre	tra	entre, no meio
entrée	Eingang	entrance	entrada	ingresso	entrada, ingresso
entrepreneur	Unternehmer	contractor	empresario	imprenditore	empreendedor, empreiteiro
entreprise	Unternehmen	company	empresa	impresa, società	empresa
entrepôt	Zwischenlager	warehouse	depósito	magazzino	entreposto, armazém
entrer	eintreten	to come in - to enter	entrar	entrare	entrar
enveloppe	Umschlag	envelope - cover	el sobre	busta	envelope, susbcrito
environ	ungefähr	about	alrededor	circa	cerca de
envisager de	beabsichtigen	to consider - to envisage	encarar de	pensare di	pensar em (planear)
envoyer	schicken/senden	to send	enviar - mandar	mandare	enviar, mandar
épeler	buchstabieren	to spell	deletrear	compitare	soletrar
erreur	Irrtum	error, mistake	error	errore	erro, engano
escalier	Treppe	staircase - stairs	escalera	scale	escada, escadaria
Espagne	Spanien	Spain	España	Spagna	Espanha
espagnol/e	spanisch	spanish	español/a	spagnolo/a	espanhol/a
essayer	versuchen/probieren	to try	probar	tentare	tentar, provar
est	Osten	east	este	est	este
et	und	and	y	e	e
étage	Stockwerk	floor	piso	piano	andar, piso
étant donné que	da	being as...	dado que	ammesso che	dado que
États-Unis	USA	United States	Estados Unidos	Stati Uniti	Estados Unidos
été	Sommer	summer	verano	estate	verão
étranger	Ausländer (nom)/ausländisch	foreigner	estrangero	straniero	estrangeiro
être	sein	to be	ser	essere	ser, estar
études	Studium	research, study	estudios	studi	estudos
étudiant/e	Student/Studentin	student	estudiante	studente	estudante universitário
étudier	studieren	to study	estudiar	studiare	estudar
Europe	Europa	Europe	Europa	Europa	Europa
européen/enne	europäisch	european	europeo/a	europeo/a	europeu/peia
eux/elles	sie	them	ellos/as	loro, essi/esse	eles/as
évoluer	sich entwickeln	to evolve	evolucionar	evolvere	evoluir
évolution	Entwicklung	evolution	evolución	evoluzione	evolução
exactement	genau	precisely	exactamente	esattamente	exactamente
exclusivement	ausschließlich	exclusively	exclusivamente	esclusivamente	exclusivamente
excuse	entschuldigung	excuse	excusa - disculpa	scusa	escusa, desculpa
excusez-moi !	entschuldigen Sie bitte !	excuse-me !	disculpe - me	mi scusi !	desculpe-me
exemplaire	Exemplar	example	ejemplar	esemplare	exemplar
expérience	Erfahrung	experience	experiencia	esperienza	experiência
expert/e	fachmännisch	expert	experto/a	esperto/a	perito/a, especialista
explication	Erklärung	explanation	explicación	spiegazione	explicação
expliquer	erklären	to explain	explicar	spiegare	explicar
exportation	Ausfuhr/Export	exportation	exportación	esportazione	exportação
exposition	Ausstellung	exhibition	exposición	mostra	exposição
expression	Ausdruck	expression	expresión	espressione	expressão

F

fabrication	Herstellung	making	fabricación	fabbricazione	fabricação, fabrico
fabriquer	herstellen	to make	fabricar	fabbricare	fabricar
(en) face de	gegenüber von	opposite	en frente de	davanti a	em frente de
facile	leicht	easy	fácil	facile	simples, fácil
facture	Rechnung	bill	factura	fattura	factura
faible	schwach	weak	débil	debole	fraco/a, frouxo/a
faiblement	schwach	weakly	debilmente	debolmente	fracamente
faire	machen/tun	to do - to make	hacer	fare	fazer (custar)
famille	Familie	family	familia	famiglia	família
(il me) faut	ich brauche/benötige	I need	me hace falta	ho bisogno di	necessito, preciso
(il) faut	man muß/es muß	to have to	hay que	bisogna	é necessário, é preciso
fax	Fax	fax	fax	fax	telecópia
fermé/e	geschlossen	closed	cerrado/a	chiuso/a	fechado/a, encerrado/a
fêter	feiern	to celebrate	festejar	festeggiare	festejar
février	Februar	february	febrero	febbraio	fevereiro
feux	Ampeln	traffic lights	semáforo	semaforo	sinal, semáforo

filiale	Tochtergesellschaft	subsidiary	filial	filiale	filial
Finlande	Finnland	Finland	Finlandia	Finlandia	Finlândia
finlandais/e	Finne, Finnin/finnisch	finish	finlandés/a	finlandese	finlandês/esa
fixer	vereinbaren/festlegen	to fix	fijar	fissare	fixar, marcar
foire	Messe	fear - show	feria	fiera	feira
fois	Mal	time	vez/veces	volta	vez, ocasião
formation	Ausbildung	training	formación	formazione	formação
fort/e	stark	strong	fuerte	forte	forte, vigoroso/a
fortement	stark	strongly	fuertemente	fortemente	fortemente
France	Frankreich	France	Francia	Francia	França
français/e	französisch	french	Francés/a	francese	francês/esa
franco	frei/franko	carriage-paid	franco	franco	franco
futur	Zukunft/zukünftig	future	futuro	futuro	futuro

G

gagner	verdienen/gewinnen	to earn - to win	ganar - ser ganador	guadagnare, vincere	ganhar, lucrar
garage	Garage	garage	garage	garage	garagem
garantie	Garantie	garantee	garantía	garanzia	garantia, segurança
garantir	garantieren	to garantee	garantir	garantire	garantir, afiançar
gare	Bahnhof	station	estación	stazione	estação
(à) gauche	links	to the left	a la izquierda	a sinistra	a esquerda
général	allgemein	general	general	generale	geral
génie	Bauwesen	engineering	ingeniería	genio	engenharia
gens	Leute	people	gente	gente	gente, pessoas
gérant/e	Geschäftsführer	manager	gerente	gerente, gestore	gerante
gérer	ein Geschäft führen/verwalten	to manage	administrar	gestire	gerir
gestion	Betriebsführung/Geschäfts- führung/Verwaltung	management	gestión	gestione	gestão
grâce à	dank	thanks to	gracias a	grazie a	graças a
grand/e	groß	big	grande	grande	grande
Grande-Bretagne	Großbritannien	Great Britain	Gran Bretaña	Gran Bretagna	Grã-Bretanha
gratuit/e	gratis/kostenlos	free of charge	gratuito/a	gratuito/a	gratuito/a
grave	Gravis/grave	serious	acento grave	grave	grave
grec/cque	griechisch	greek	griego/a	greco/a	grego/a
Grèce	Griechenland	Greece	Grecia	Grecia	Grécia
gros/sse	dick	fat	gordo/a	grosso/a	gordo/a

H

habitant	Einwohner	inhabitant	habitante	abitante	habitante
habiter	wohnen	to live in	habitar	abitare	habitar, morar
habituellement	gewöhnlich	usually	habitualmente	di solito	habitualmente
heure	Uhr, Stunde	hour	hora	ora	hora
heureusement	glücklicherweise	fortunatly	felizmente/afortunadamente	per fortuna	felizmente
heureux/euse	glücklich	happy	feliz	felice	feliz
très heureux/euse	sehr glücklich	very happy ! - glad	muy feliz	lietissimo/a	muito prazer
hier	gestern	yesterday	ayer	ieri	ontem
hiver	Winter	winter	invierno	inverno	inverno
hollandais/e	holländisch	dutch	holandés/a	olandese	holandês/desa
horaire	Fahrplan (train)	schedule	horario	orario	horario
hors	nicht einbegriffen	out	fuera	eccetto	fora, de fora
hors taxe	Steuer nicht inbegriffen	free of tax	sin impuestos	netto d'imposta	isento de impostos
hôtel	Hotel	hotel	hotel	albergo	hotel

I

ici	hier	here	acá - aquí	qui	aqui, cá
idée	Idee	idea	idea	idea	idéia
il/ils	er/sie	he/they	él/ellos	egli/loro, esso/essi	ele/s
il y a...	es gibt/vor	there is - there are - ...ago	hay, hace	c'è, fa	há, há (muito) que
immédiatement	sofort	immediately - at once	inmediatamente	immediatamente	imediatamente
immeuble	Wohnhaus/Gebäude	building	edificio/inmueble	palazzo	imóvel
important/e	wichtig	important	importante	importante	importante
imprimante	Drucker (computer)	printer	impresora	stampante	impressora
inadmissible	unannehmbar	unacceptable	inadmisible	inammissibile	inadmissível
indépandant/e	unabhängig	independent	independiente	indipendente	independante
indiquer	angeben/vermerken	to indicate	indicar	indicare	indicar

individuel/elle	individuell, einzeln	individual	individual	individuale	individual
inférieur à	geringer als/niedriger als	inferior to	inferior a	inferiore a	inferior a
information	Information/Auskunft	information	información	informazione	informação
informatique	EDV (elektronische Datenverarbeitung)	data processing	informática	informatica	informática
informer	informieren, benachrichtigen, mitteilen	to inform	informar	informare	informar
ingénieur	Ingenieur	engineer	ingeniero/a	ingegnere	engenheiro
initiale	Anfangsbuchstabe	initial	inicial	iniziale	inicial
insister	auf etwas bestehen/beharren	to insist	insistir	insistere	insistir
instant	Augenblick	instant	instante	istante	instante
intention de (avoir l')	die Absicht haben	to have the intention of	tener la intención de	avere l'intenzione di	tencionar
interne	intern/innerbetrieblich	internal	interno/a	interno	interno
intervention	Einschreiten	participation	intervención, participación	intervento	intervenção
international	international	international	internacional	internazionale	internacional
intéressant	interessant	interesting	interesante	interessante	interessante
intéresser	interessieren	to interest	interesar	interessare	interessar
intermédiaire	Vermittler	middleman	intermediar	intermediario	intermediário/a
interprète	Dolmetscher	interpreter	intérprete	interprete	intérprete
interruption	Unterbrechung	interruption	interrupción	interruzione	interrupção
invitation	Einladung	invitation	invitación	invito	convite
inventaire	Inventar, Bestandsaufnahme	inventory	inventario	inventario	inventário
investir	investieren / anlegen	to invest	invertir	investire	investir
inviter	einladen	to invite	invitar	invitare	convidar
Italie	Italien	Italy	Italia	Italia	Itália
italien/enne	Italiener/Italienerin	italian	italiano/a	italiano/a	italiano/a

J

jamais	nie	never	nunca- jamás	mai	jamais, nunca
janvier	Januar	january	enero	gennaio	janeiro
Japon	Japan	Japan	Japón	Giappone	Japão
japonais/e	japanisch	japanese	japonés/a	giapponese	japonês/esa
jardin	Garten	garden	jardín	giardino	jardim
je	ich	I	yo	io	eu
jeudi	Donnerstag	thursday	jueves	giovedi	quinta-feira
jouet	Spielzeug	toy	juguete	giocattolo	brinquedo
jour	Tag	day	día	giorno	dia
journal	Zeitung	newspaper	periódico	giornale	jornal, diário
journée	Tag	day	día	giornata	dia
juillet	Juli	july	julio	luglio	julho
juin	Juni	june	junio	giugno	junho
jusqu'à	bis	until	hasta	fino a	até

L

là	da	there	ahí - allí	là	lá, aí, acolá
laboratoire	Labor	laboratory	laboratorio	laboratorio	laboratório
laisser	hinterlegen/lassen	to leave	dejar - depositar	lasciare	deixar
langue	Sprache	language	idioma	lingua	língua
le/la/les	der/das/die/die	the - the	él / la / los / las	il,la,i/le	o, a, os, as
lent/e	langsam	slow	lento/a	lento/a	lento/a
lentement	langsam	slowly	lentamente	piano	lentamente
lequel/laquelle	welcher/welche	which	el cual / la cual	quale	o qual, a qual
lettre	Brief/Buchstabe	letter	carta - letra	lettera	carta, letra
libre	frei	free	libre	libero	livre
(avoir) lieu	stattfinden	to take place	tener lugar	aver luogo	ter lugar, realizar-se
limite	Grenze	limit	límite	limite	limite, fronteira
limité/e	begrenzt	limited	limitado/a	limitato/a	limitado/a
lire	lesen	to read	leer	leggere	ler
livraison	Lieferung	delivery	entrega	consegna	entrega
livrer	liefern	to deliver	entregar	consegnare	entregar
local	örtlich/lokal	local	local	locale	local
logement	Wohnung	accommodation	alojamiento	alloggio	habitação, residência
logiciel	Software	computer program	programa de computadora	software	programa de computador
loin de	weit von	far from	lejos de	lontano da	longe de
loisirs	Freizeit	leisure	ocio	tempo libero	lazer
longtemps	lange	a longtime	mucho tiempo	a lungo	muito tempo

louer	mieten	to rent	alquilar	affittare	alugar
loyer	Miete	rent	alquiler	affitto	aluguer
lui	er, ihm	him/her	él - a él	a lui, a lei, gli, le	ele
lundi	Montag	monday	lunes	lunedi	segunda-feira
luxe	Luxus	luxury	lujo	lusso	luxo
lycée	Gymnasium	high school	liceo	liceo	escola secundária

M

machine	Maschine	machine	máquina	macchina	máquina
madame	Frau	madam - mrs	señora	signora	senhora, minha senhora
mademoiselle	Fräulein	miss	señorita	signorina	menina
magasin	Geschäft	shop	tienda	negozio	armazém, loja
mai	Mai	may	mayo	maggio	maio
maintenant	jetzt	now	ahora	adesso	agora
mais	aber, sondern	but	pero	ma	mas
mal	schlecht	bad	mal	male	mal
manquer de	fehlen an	to lack of	hacer falta	mancare di	faltar
marchandage	Feilschen	bargaining	regateo	contrattazione	regateio
marchander	handeln/markten/feilschen	to bargain	regatear	contrattare	regatear
marché	Markt	market	mercado	mercato	mercado
marcher	laufen	to work	funciónar	funzionare	andar
mardi	Dienstag	tuesday	martes	martedi	terça-feira
Maroc	Marokko	Morocco	Maruecos	Marocco	Marrocos
marocain/e	marokkanisch	moroccan	maroquí	marocchino/a	marroquino/na
mars	März	march	marzo	marzo	março
matin	morgen	morning	la mañana	mattino	manhã
maximum	höchst ...	maximum	máximo	massimo	máximo
médecin	Arzt	doctor	médico	medico	médico, clínico
meilleur/e	besser	better	mejor	migliore	melhor, superior
meilleur marché	preiswerter	cheaper	más barato	più conveniente	mais barato
même	selb...	same	mismo/a	stesso	mesmo/a
(en) même temps	gleichzeitig	at the same time	al mismo tiempo	allo stesso tempo	ao mesmo tempo
même si	selbst wenn	even if	aunque	anche se	mesmo que
mercredi	Mittwoch	wednesday	miércoles	mercoledi	quarta-feira
message	Mitteilung	message	mensaje	messaggio	mensagem, recado
métro	U-Bahn	underground - subway	metro-subterráneo	metropolitana	metropolitano
mexicain/e	mexikanisch	mexican	mejicano/a	messicano/a	mexicano/a
Mexique	Mexiko	Mexico	Méjico	Messico	México
midi	Mittag	midday, noon	mediodía	mezzogiorno	meio-dia
mieux	besser	better	mejor - mejores	meglio	melhor, mais bem
minimum	mindest..	minimum	minimo	minimo	mínimo
minuit	Mitternacht	midnight	media - noche	mezzanotte	meia-noite
minute	Minute	minute	minuto	minuto	minuto
modèle	Artikel/Modell	pattern - model	modelo	modello	modelo
moderne	modern	modern	moderno/a	moderno	moderna, novo/a
modifier	ändern	to modify	modificar	modificare	modificar
moi	ich, mich	me	yo (con migo)	io	eu, me, mim (conmigo)
moins de	weniger	less than	menos de	meno di	menos de
mois	Monat	month	mes	mese	mês
(en ce) moment	in diesem Augenblick	at this moment	en este momento	in questo momento	neste momento
mon/ma/mes	mein/meine/meine	my	mi/mis	il mio/la mia/i miei, le mie	meu, minha, meus, minhas
(du) monde	viele Leute	many people	gente	gente	(muita) gente
(tout le) monde	alle	everybody	todo el mundo	tutti	toda a gente
mondial/e	Welt...	world - wide	mundial	mondiale	mundial
monnaie	Währung, Kleingeld	currency	moneda	moneta	moeda
monsieur	Herr	Sir - Mister	señor	signore	senhor, cavalheiro
mot	Wort	word	palabra	parola	palavra, termo
motivation	Motivierung	motivation	motivación	motivazione	motivação
musée	Museum	museum	museo	museo	museu

N

nationalité	Staatsangehörigkeit	nationality	naciónalidad	nazionalità	nacionalidade
navré/e	es tut mir leid	sorry	lo siento	dispiaciuto/a	lamento muito
né/e le	geboren am	born on the...	nacido el	nato/a il	nascido/a em
ne... jamais	nie	not ... ever	nunca	non...mai	nunca
ne... pas	nicht	... not	no	non	não

ne... que	nur/erst	only	sólo - solamente	non...che	sómente
ne... rien	nichts	not ... anything	(no) ... nada	non...niente	nada
niveau	Stufe/Niveau	level	nivel	livello	nível
nom	Name	surname / last name	apellido	cognome	nome/apelido
nombre	Zahl	number	nombre	numero	número
nord	Norden	north	norte	nord	norte
normal/e	normal	normal	normal	normale (inv.)	normal, regular
norme	Norm, Regel, Vorschrift, Maßstab	norm	norma	norma	norma, regra
note de service	Rundschreiben/ Dienstanweisung	memo	nota de servicio	nota di servizio	nota de serviço
notre/nos	unser/unsere	our - ours	nuestro - nuestros/as	il nostro, la nostra/i nostri, le nostre	nosso(s), nossa(s)
nous	wir, uns	we - us	nosotros	noi	nos, nós
nouveau	neu	new	nuevo/a	nuovo	novo, recente
novembre	November	november	noviembre	novembre	novembro
nuit	Nacht	night	noche	notte	noite
numéro	Nummer	number	número	numero	número

O

objectif	Ziel	aim - purpose	objetivo	obiettivo	objectivo, meta
objet	Betreff/Betrifft	object	tema	oggetto	assunto, tema
(faire l') objet de	Gegenstand sein von...	to be the subject of	ser objeto de	essere oggetto di	ser objecto de, ser alvo de
obtenir	erhalten/erzielen/erreichen	to obtain	obtener	ottenere	obter, alcançar
(à l') occasion de	anläßlich	on the occasion of	en/ocasión/de	in occasione di	por ocasião de
occupé/e	besetzt	occupied	ocupado/a	occupato/a	ocupado/a
occuper	besetzen	to occupy	ocupar	occupare	ocupar
(s') occuper	sich kümmern um	to take care of	ocuparse de	occuparsi	ocupar-se de
octobre	Oktober	october	octubre	ottobre	outubro
officiel/elle	offiziell	official	oficial	ufficiale	oficial
offre	Angebot	offer	oferta	offerta	oferecimento, oferta
offrir à	jem. etw. schenken/anbieten	to offer to	ofrecer a	offrire a	oferecer, apresentar
on	man	one	se	si, noi	a gente
opinion	Meinung	opinion	opinión	opinione	opinião
optimiste	optimistisch	optimist - optimistic	optimista	ottimista	optimista
or	aber	but - then	ahora bien	ora	ora
ordinateur	Computer	computer	computadora	computer	computador
ordre du jour	Tagesordnung	agenda	orden del día	ordine del giorno	ordem do dia
organisateur/trice	Veranstalter/Veranstalterin	organizer	organizador/a	organizzatore/trice	organizador/a
organiser	veranstalten/organisieren	to organize	organizar	organizzare	organizar
où ?	wo ?	where ?	¿dónde?	dove ?	aonde ?
où	wo	where	donde	in cui	onde
oublier	vergessen	to forget	olvidar	dimenticare	esquecer
ouest	Westen	west	oeste	ovest	oeste
ouvert	offen	open	abierto	aperto	aberto
ouverture	Öffnung	opening	apertura	apertura	abertura

P

papier	Papier	paper	papel	carta	papel
parce que	weil	because	porque	perché	porque
pardon ?	wie bitte ?	pardon ?	¿perdón?	scusi ?	perdão ?, desculpe ?
parking	Parkplatz	parking	estacionamiento	parcheggio	estacionamento
parler à	sprechen mit	to talk to	hablar con - hablar a	parlare a	falar a, falar com
part de (de la)	im Auftrage von	on behalf of	de parte de	da parte di	em nome de
part	Geschäftsanteil	share	acción	parte	participação
(d') autre part	andererseits	on the other side	por otra parte	d'altra parte	por outro lado
part de marché	Marktanteil	market share	parte de negocio	parte di mercato	quota de mercado
partenaire	Partner	partner	socio	partner	parceiro
partiel	teilweise	partial	parcial	parziale	parcial
partir de	verlassen/weggehen	to go from	partir de	partire da	partir de
(à) partir de	von ... an/ab	from...	a partir de	a partire da	a partir de
participer à	teilnehmen an	to participate in	participar a	partecipare a`	participar em
pas du tout	überhaupt nicht/gar nicht	not at all	de ninguna manera	nient'affatto	de modo nenhum
(je vous) passe	ich verbinde Sie mit	I put you through	le paso ...	le passo	vou passar
passer par	über ... fahren (spatial)	to go by	pasa por	passare per	passar por
(se) passer	passieren/geschehen	to happen	suceder	succedere	acontecer, ocorrer

pause	Pause	break	pausa	pausa	pausa
payer	zahlen/bezahlen	to pay	pagar	pagare	pagar
pays	Land	country	pays	paese	país
Pays-Bas	Niederlande	Netherlands	Paises Bajos	Paesi bassi	Paises-Baixos, Holanda
P-DG (président-directeur général)	Generaldirektor	managing director	director	Presidente-Direttore Generale	presidente, director geral
pendant	während	during	durante - mientras	mentre	durante
penser que	denken/meinen	to think - to believe	pensar que	pensare che	pensar que
(se) perdre	sich verlaufen	to get lost	perderse	perdersi	perder-se
perdre	verlieren	to loose	perder	perdere	perder
(une) personne	eine Person	a person	una persona	una persona	uma pessoa
personnel	Personal	personnel, staff	el personal	personale	pessoal
personnel/elle	persönlich	personal	personal	personale	pessoal
pessimiste	pessimistisch	pessimistic	pesimista	pessimista	pessimista
petit/e	klein	small	pequeño/a	piccolo/a	pequeno/a
peu	wenig	little	poco	poco	pouco
(un) peu	ein wenig	a little	un poco	un po'	um pouco
peut-être	vielleicht	may be	quizás - tal vez	forse	talvez
photocopieuse	Fotokopiergerät	photocopier	fotocopiadora	fotocopiatrice	máquina fotocopiadora
pièce	Geldstück	piece	unidad	pezzo	peça, parte
pièce	Raum	room	habitación - cuarto	stanza	divisão, assoalhada
place	Platz	place	lugar	piazza	lugar
(avec) plaisir	mit Vergnügen	with pleasure	con placer	con piacere	com todo o gosto
plaisir	Vergnügen	pleasure	placer	piacere	prazer
(s'il vous) plaît	bitte	please	por favor	per piacere	por favor, faça favor
plan	Plan	map	plano	pianta	planta
planche à voile	Surfbrett	sail board	tabla de windsurf	surf	prancha à vela
plaquette	Broschüre	prospectus	prospecto	opuscoletto	folheto
(ne...) plus	nicht mehr	not ... anymore	no... más	non...più	já não
plus de	mehr als	more (of)	más de	più di	mais de
(la) plupart de	die meisten von	most of	la mayoría de	la maggior parte di	a maior parte de
point	Punkt	point	punto - parte	punto	ponto
point de vue	Gesichtspunkt/Standpunkt	point of view - view-point	punto de vista	punto di vista	ponto de vista
point de vente	Verkaufsstelle	sales point	lugar de venta	punto vendita	posto de venda
Pologne	Polen	Poland	Polonia	Polonia	Polónia
polonais/e	polnisch	polish	polaco/a	polacco/a	polaco/a
pont	Brücke	bridge	puente	ponte	ponte
porte	Tür	door	puerta	porta	porta
portugais/e	portugiesisch	portuguese	portugués/a	portoghese	português/guesa
Portugal	Portugal	Portugal	Portugal	Portogallo	Portugal
poser (une question)	stellen	to ask	preguntar	porre	perguntar
possibilité	Möglichkeit	possibility	posibilidad	possibilità	possibilidade
possible	möglich	possible	posible	possibile	possível
poste	Nebenstelle/Apparat/Arbeitsstelle	extension, job	extensión - puesto	posto interno	extenção, posto de trabalho
pour	für	for	para	per	para, por
pourquoi ?	warum ?	why ?	¿ por qué ?	perché ?	porquê ?
(c'est) pourquoi	aus diesem Grund	that's why	es por eso	è per questo	é por isto que
pouvoir	können	to be able to	poder	potere	poder
préciser	genauer angeben	to precise	precisar	precisare	precisar, determinar
préférer	bevorzugen	to prefer	preferir	preferire	preferir
premier	erster	first	primer	primo	primeiro
prendre	Nachricht/	to take	tomar	prendere	
un message	Mitteilung-notieren	to take a message	tomar mensaje	un messaggio	aceitar uma mensagem
une rue	eine Straße nehmen	to take a street	tomar una callez	una strada	tomar a rua
rendez-vous	einen Termin vereinbaren	to make an appointment	tomar cita	un appuntamento	marcar um encontro
des congés	Urlaub nehmen	to take some days off	tomar vacaciones	prendere le ferie	marcar férias
prénom	Vorname	first name	nombre	nome	nome próprio
préparer	vorbereiten	to prepare	preparar	preparare	preparar
près de	nah(e) bei	near by	cerca de	vicino a	perto de, próximo de
présent	da/anwesend	present	presente	presente	presente
présenter	vorführen	to introduce	presentar	presentare	aprosentar, mostrar
prêt	Darlehen/Kredit	ready - loan	listo - préstamo	pronto, prestito	pronto, disposto
prévision	Voraussicht	prevision - forecasting	previsión	previsione	previsão
prévoir	vorhersehen/voraussehen	to foresee	preveer	prevedere	prever
(je vous en) prie !	bitte !	please do ! - not at all !	¡ no faltaba más !	la prego !	faça favor

prier de	bitten um	to request - to beg	rogar	pregare di	pedir, rogar
principal/e	hauptsächlich	main	principal	principale	principal
prix	Preis	price	precio	prezzo	praeço
probablement	wahrscheinlich	probably	probablemente	forse	provavelmente
problème	Problem/Schwierigkeit	problem	problema	problema	problema
prochain/e	nächster/nächste	next	próximo/a	prossimo/a	próximo/a
prochainement	demnächst	in a near future	proximamente	prossimamente	próximamente
production	Herstellung	production	producción	produzione	produção
produire	herstellen	to produce	producir	produrre	produzir
produit	Produkt/Erzeugnis	product	producto	prodotto	produto
profession	Beruf	profession	profesión	professione	profissão
professionnel/elle	Fachmann/beruflich	professional	profesional	professionale	profissional
professionnellement	beruflich	professionally	profesionalmente	professionalmente	profissionalmente
programme	Programm	programm	programa	programma	programa
projet	Projekt	project	proyecto	progetto	projecto
promotion	Beförderung/ Sonderangebot	promotion - publicity	promoción	promozione	promoção
(en) promotion	im Sonderangebot	in promotion	en promoción	in promozione	em promoção
prononcer	aussprechen	to pronounce	pronunciar	pronunciare	pronúnciar
proposer	vorschlagen	to propose	prononer	proporre	propor
protestation	Einspruch/Protest	protest	protesta	protesta	protesto
protester	protestieren	to protest	protestar	protestare	protestar
province	Provinz	province	provincia	provincia	província
publicité	Werbung	publicity	publicidad	pubblicità	publicidade
puis	dann	then	despues	poi	depois
puissant/e	mächtig	powerful	poderoso/a	potente	poderoso/a

Q

qualité	Eigenschaft/Qualität	quality	calidad	qualità	qualidade
quand ?	wann	when ?	¿ cuándo ?	quando ?	quando ?
quand	als/wenn	when	cuando	quando	quando, logo que
quart	Viertel	quarter	cuarto	quarto	quarto
quartier	Viertel	area, district	barrio	quartiere	bairro
que	daß	that	que	che	que
(ne...) que	nur	only	sólo - solamente	non...che	sómente, só
quel ?	welcher ?	which ?	¿ cuál ?	quale ?	que, qual ?
quelques	einige	some	algunos/as	alcuni	alguns, quaisquer
quelque chose	etwas	something	alguna cosa	qualcosa	qualquer coisa
quelquefois	manchmal	sometimes	algunas veces	qualche volta	as vezes, por vezes
quelqu'un	jemand	somebody	alguien	qualcuno	alguém, algum
question	Frage	question	cuestión - pregunta	domanda	pergunta, questão
qui ?	wer ?	who ?	¿ quién ?	chi ?	quem, qual, quais
qui	der	which - who - that	que	che	quem
quitter	verlassen	to leave	dejar - quitar	lasciare	deixar
(ne) quittez pas	bleiben Sie am Apparat	hold on / don't hang up	no corte	resti in linea	não desligue
quoi ?	was ?	what ?	¿ qué ?	che cosa ?	o quê ?

R

rapide	schnell	fast	rápido	veloce	rápido, veloz
rappeler	zurückrufen	to call back - to ring again	volver a llamar	richiamare	tornar a chamar
rappeler que	daran erinnern, daß	to remind	recordar que	ricordare che	lembrar que
réaliser	verwirklichen	to produce	realizar - effectuar	realizzare	realizar, efectuar
réception	Empfang	reception	recepción	ricevimento	recepção
recettes	Einnahmen	income	recetas - ingresos	entrate	receitas
recevoir	erhalten	to receive	recibir	ricevere	receber, aceitar
réclamation	Beanstandung/Reklamation	claim	reclamo	reclamo	reclamação
recruter	einstellen	to recruit	emplear	assumere	recrutar
réduction	Ermäßigung	cut down - discount	rebaja	riduzione	redução
réduire	vermindern/verringern	to cut down	reducir	ridurre	reduzir
référence	Referenz/Nummer	reference	referencia	riferimento	referência
réfléchir à	nachdenken über	to think about	pensar en	riflettere su	reflectir, meditar
refuser	ablehnen	to refuse	rechazar	rifiutare	recusar, rejeitar
regarder	ansehen	to look at	mirar	guardare	olhar
regretter	bedauern	to regret	lamentar	rammaricarsi	lamentar
rejoindre	sich zusammenschließen	to join in	adherir	integrare	juntar-se, unir-se
(se) réjouir de	sich freuen über	to be delighted	alegrarse de	rallegrarsi di	alegrar-se com

elation	Beziehung	relationship	relación	relazione	relação, ligação
embourser	zurückzahlen/abzahlen	to refund	devolver (dinero)	rimborsare	reembolsar
emercier	danken	to thank	agradecer	ringraziare	agradecer
encontre	Treffen	encounter, meeting	encuentro	incontro	encontro
encontrer	treffen/begegnen	to meet - to meet up	encontrar	incontrare	encontrar
endez-vous	Termin / Verabredung	appointment	cita	appuntamento	hora marcada
énover	renovieren	to renew	renovar	rinnovare	renovar, reformar
enseignement	Auskunft	information	información	informazione	informação, notícia
se) renseigner	sich erkundigen nach	to inquire about	informarse	informarsi	informar-se
éparation	Reparatur	repair	reparación	riparazione	reparação, conserto
éparer	reparieren	to repair	reparar	riparare	reparar, consertar
épartir	wieder weggehen	to restart	volver a partir	ripartire	partir novamente
epas	Mahlzeit	meal	comida	pasto	refeição
épéter	wiederholen	to repeat	repetir	ripetere	repetir
épondre	antworten	to answer	contestar	rispondere	responder
éponse	Antwort	answer	respuesta	risposta	resposta
eprendre	zurücknehmen	retake	volver a tomar	riprendere	retomar, recuperar
éservation	Reservierung	reservation - booking	reserva - reservación	prenotazione	reserva
éservé/e à	reserviert für	reserved for	reservar	riservato a	reservado/a à
éserver	reservieren	to reserve - to book	reservar a	prenotare	reservar, guardar
esponsabilité	Verantwortung	responsability	responsabilidad	responsabilità	responsabilidade
esponsable (un/e)	Verantwortlicher	responsible	el responsable (la)	responsabile	responsável
esponsable	verantwortlich	responsible	responsable	responsabile	responsável
essembler à	jem. gleichen	to look like	parecerse a	somigliare a	paracer-se com
essources humaines	Personalabteilung/ Personalführung	human resource	recursos humanos	risorse umane	recursos humanos
estaurant	Restaurant/Gaststätte	restaurant	restaurante	ristorante	restaurante
ester	bleiben/übrigbleiben	to stay - to remain	quedarse - quedar	restare	ficar ; sobrar
estructurer	umstrukturieren	to restructure	réestructurar	ristrutturare	restruturar
ésultat	Ergebnis	result	resultado	risultato	resultado
etard	Verspätung	delay	retraso - atraso	ritardo	atraso, demora
etour	zurück/Rücksendung	return	la vuelta	ritorno	regresso, volta
etourner	zurückschicken	to send back	devolver - volver/a mandar	rinviare	devolver, reenviar
se) retrouver	sich wiedersehen/treffen	to meet again	reencontrarse - volverse a encontrar	ritrovarsi	encontrar-se
éunion	Besprechung/Versammlung	meeting	reunión	riunione	reunião
éussir à	gelingen	to succeed	lograr	riuscire a	conseguir, alcançar
au) revoir	Aufwiedersehen	good-bye	¡ hasta la vista !	arrivederci	adeus, até à vista
ez-de-chaussée	Erdgeschoß	ground floor	planta baja	piano terra	rés-do-chão
en	nichts	nothing	nada	niente	nada, coisa nenhuma
ne...) rien	nichts	not... anything	no... nada	non...niente	não ... nada
squer de	riskieren	to risk	arriesgar	rischiare di	correr o risco de
obotique	Robotik	robotic	robótico	robotica	robótica
oute	Straße	road	ruta	strada	estrada
RSVP	Rückantwort bitte	answer back please	conteste por favor	Si prega di rispondere	responda se faz favor
ue	Straße	street	calle	via	rua
V	Termin	appointment	cita	appuntamento	encontro

S

A	Aktiengesellschaft (AG)	A.S.	S.A.	S.p.A	Sociedade Anónima
aisonnier/ère	saisonbedingt	seasonal	de temporada	stagionale	da época
alaire	Gehalt	salary	sueldo - salario	stipendio	salário
alle	Raum/Saal	hall - room	sala	sala	sala
alle de bains	Badezimmer	bathroom	cuarto de baño	bagno	casa de banho
alon	Messe	show, exhibition	salón	salotto	salão, feira
alutations distinguées	mit vorzüglicher Hochachtung	yours sincerely	distinguidos saludos	distinti saluti	com a maior estima e apreço, atencio samente
amedi	Samstag/ Sonnabend	saturday	sábado	sabato	sábado
ans	ohne	without	sin	senza	sem
ans doute	warschein eich	probably	probablemente	indubbiamente	sem dúvida
ARL	GmbH.	P.L.C.	S.A.R.L.	S.r.l.	Sociedade Anonima de Responsabilidade Limitada
atisfaire	zufriedenstellen	to satisfy	satisfacer	soddisfare	satisfazer
auf si	außer wenn	only if	salvo que	eccetto se	salvo se, só se
avoir	wissen	to know	saber	sapere	saber, conhecer
econd	zweit...	second	segundo	secondo	segundo

secrétaire	Sekretär/Sekretärin	secretary	seretario/a	segretaria	secretária
secteur	Bereich	section	sector	settore	sector
séjour	Aufenthalt	stay	estadia	soggiorno	estada, permanência
semaine	Woche	week	semana	settimana	semana
sembler que	es scheint, daß	to seem that	parecer que	sembrare che	paracer que
séminaire	Seminar	seminary	seminario	seminario	seminário
septembre	September	september	septiembre	settembre	setembro
service	Abteilung	service	servicio	servizio	serviço
service	Dienstleistung	service	servicio	servizio	serviço, préstamo
service militaire	Militärdienst	military service	servicio militar	servizio militare	serviço militar
seul/e	allein	alone	solo/a	solo/a	só, sozinho/a
(un/e) seul/e	ein einziger/eine einzige	only one	un solo/una sola	uno/a solo/a	um(a) só
seulement	nur	only	solamente - sólo	solamente	sómente, únicamente, só
si !	doch !	yes !	¡ si !	sì !	sim !
si	wenn	if	si	se	se
(même) si	selbst wenn	even if	aunque	anche se	mesmo que
(sauf) si	außer wenn	only if	al menos que	eccetto se	salvo se, só se
siège social	Firmensitz	head office	sede central	sede sociale	sede social
signer	unterschreiben/unterzeichnen	to sign	firmar	firmare	assinar, rubricar
simple	einfach	simple	simple	semplice	simples
situation	Lage	situation	situación	situazione	situação, posição
situé/e	gelegen	located	situado/a	situato/a	situado/a
société	Gesellschaft	society	sociedad	società	sociedade
soir	Abend	night	noche	sera	tarde, tardinha
soirée	Abend	evening	velada	serata	noite ; serão
solide	haltbar	solid	sólido	solido	sólido/a
solution	Lösung	solution	solución	soluzione	solução
somme	Summe	amount	suma	somma	quantia, importância
son/sa/ses	sein/seine/seine	his - her	su - sus	il suo/la sua/i suoi, le sue	seu, sua, seus, suas
souhait	Wunsch	wish	deseo	desiderio	desejo
souhaiter	wünschen	to wish	desear	auspicare, augurare	desejar, fazer votos por
souvent	oft	often	seguido	spesso	muitas vezes
spécial/e	besonders/speziell	special	especial	speciale	especial
spécialement	besonders/speziell	specially	especialmente	specialmente	especialmente
spécialiste	Fachmann	specialist	especialista	specialista	especialista
spectacle	Veranstaltung	performance	espectáculo	spettacolo	espectáculo
splendide	herrlich	splendid	espléndido	splendido	esplêndido
sport	Sport	sport	deporte	sport	desporto
sportif/ive	sportlich	athletic	deportista	sportivo/a	desportivo/a ; desportista
stable	fest/gleichbleibend	stable	estable	stabile	estável, firme, seguro
stage	Praktikum	training course	prácticas	corso di aggiornamento	estágio
stagiaire	Praktikant	trainee	alumno de prácticas	iscritto a un corso di aggiornamento	estagiário
stagnation	Stockung/Stagnation	stagnation	estancamiento	stagnazione	estagnação
stagner	stagnieren	to stagnate	estancar	stagnare	estagnar-se
stand	Stand	stand	puesto	stand	stand
standard	genormt/Telefonzentrale	switch - board	conmutador	standard	central telefónica
stock	Lagerbestand/am Lager	stock	stock - existencias	giacenza	deposito, existência
stratégie	Strategie	strategy	estrategia	strategia	estratégia
succès	Erfolg	success	éxito	successo	sucesso, êxito
sud	Süden	south	sur - sud	sud	sul
(il) suffit de	man braucht nur/es genügt…	one only has to...	basta con	basta che	basta, é bastante
Suisse	Schweiz	Switzerland	Suiza	Svizzera	Suíça
suisse	schweizerisch	swiss	suizo/a	svizzero/a	suíço/a
suivant/e	folgender, folgende	following	siguiente	seguente	seguinte
suivre	folgen	to follow	seguir	seguire	seguir
suivre	studieren	to study	estudiar	seguire	seguir, continuar
au sujet de	betreffend, hinsichtlich	relating to	con respecto/a	a proposito di	acerca de, a respeito de
(bien) sûr !	selbstverständlich !	of course !	¡ por supuesto !	naturalmente !	com certeza
superficie	Fläche	surface	superficie - área	superficie	superfície
supérieur/e à	mehr als	superior to	superior a	superiore (inv.) a	superior a
sur	auf	on	sobre	su	sobre, em cima
sûr	sicher	sure	seguro	sicuro	seguro, certo
surface	Oberfläche	surface	superficie	superficie	superfície, área
SVP	bitte	please	por favor	p.f. (per favore)	se faz favor

sympathique	sympathisch	nice	simpático/a	simpatico	simpático

T

table ronde	runder Tisch	round table	mesa redonda	tavola rotonda	mesa redonda
taille	Größe	size	talle/medida	misura	tamanho, medida
taux	Quote / Satz / Rate	rate	taza	tasso	taxa
taxes	Steuern	taxes	impuestos	tasse	impostos
taxi	Taxi	taxi	taxi	tassì	táxi
technicien	Techniker	technician	ténico	tecnico	técnico
télécopie	Telekopie	fax	telecopia	telecopia	telecópia
téléphone	Telefon	telephone	teléfono	telefono	telefone
téléphoner à	jemanden anrufen	to ring / to call	llamar a	telefonare a	telefonar a
temps	Zeit	time / weather	tiempo	tempo	tempo
(plein-/mi) temps	Vollzeitbeschäftigung Halbtagsbeschäftigung	full time / part time	jornada/media - jornada	tempo pieno/metà tempo	tempo inteiro/meio tempo
(avoir le) temps	Zeit haben	to have time	tener tiempo	avere il tempo	ter tempo
tendance	Trend	tendency, trend	tendencia	tendenza	tendência
tenez !	da ! so ! sieh mal !	here you are !	¡ he aqui !	guardi ! ecco !	ouça !, olhe !
terrain	Grundstück	ground	terreno	terreno	terreno, sítio
ton/ta/tes	dein, deine, deine	your	tu/tus	il tuo/la tua/i tuoi, le tue	teu, tua / teus, tuas
toujours	immer	always	siempre	sempre	sempre
tourisme	Fremdenverkehr/Tourismus	tourism	turismo	turismo	turismo
tous	alle	everybody	todos	tutti	todos
tout	alles	all, everything	todo	tutto	todo, tudo
tout droit	immer geradeaus	straight on	todo derecho	sempre dritto	sempre em frente
tout à l'heure	nachher	later on	luego	tra poco	daqui a pouco
tout de suite	sofort	immediately/at once	enseguida	subito	logo
tout le monde	alle	everybody	todo el mundo	tutti	toda a gente
traditionnel/elle	herkömmlich	traditional	tradicional	tradizionale	tradicional
traduire	übersetzen	to translate	traducir	tradurre	traduzir
train	Zug	train	tren	treno	comboio
trait d'union	Bindestrich	dash	guión	trattino	hífen, traço de união
transport	Transport	transport	transporte	trasporto	transporte
travail	Arbeit	work	trabajo	lavoro	trabalho
travailler	arbeiten	to work	trabajar	lavorare	trabalhar
traverser	überqueren	to cross	cruzar	attraversare	atravessar
très	sehr	very	muy	molto	muito
trésorier/ère	Schatzmeister/ Schatzmeisterin	treasurer	tesorero/a	tesoriere	tesoureiro/a
trop	zu, zuviel	too much, too many	demasiado	troppo	muito, demasiado
trouver	finden	to find	encontrar	trovare	encontrar, achar
se trouver	sich befinden	to find oneself	encontrarse	trovarsi	achar-se, encontrar-se
trouver que	finden, daß	to find that	encontrar que	trovare che	achar que
TTC (toutes taxes comprises)	Steuer inbegriffen	all tax included	todo impuesto incluído	imposta inclusa	todas as taxas incluídas
tu	du	you	tú	tu	tú
turc/turque	türkisch	turk	turco/a	turco/a	turco/a
Turquie	Türkei	Turkey	Turquía	Turchia	Turquía
type	Art/Sorte/Typ	type	tipo de	tipo	tipo

U

universitaire	Akademiker/akademisch	member of university	universitario	universitario	universitário
université	Universität/Hochschule	university	universidad	università	universidade
urgent/e	dringend	urgent	urgente	urgente	urgente
usine	Fabrik	factory	fábrica	fabbrica	fábrica
utiliser	benutzen	to use	utilizar	utilizzare	utilizar

V

ça va	es geht	it's all right	está bien	va bene	esta bem
vacances	Ferien	holiday	vacaciones	vacanze	férias
valable	gültig	valid	valedero / válido	valido	valido
valoir	gelten	to be worth	valer	valere	valer
véhicule	Fahrzeug	vehicle	vehículo	veicolo	veículo
vendeur/euse	Verkäufer/Verkäuferin	salesman / saleswoman	vendedor/vendedora	commesso/a	vendedor/a
vendredi	Freitag	friday	viernes	venerdì	sexta-feira
venir	kommen	to come	venir	venire	vir

vendre	verkaufen	to sell	vender	vendere	vender
vente	Verkauf	sale	venta	vendita	venda
veuillez	wären Sie bitte so freundlich...	would you please	tenga usted la amabilidad	La prego	queira, queiram
vie	Leben	life	vida	vita	vida, existência
vieux/vieille	alt	old	viejo/a	vecchio/a	velho/a, idoso/a
ville	Stadt	city	ciudad	città	cidade
visite	Besuch	visit	visita	visita	visita
visiter	besuchen/besichtigen	to visit	visitar	visitare	visitar
vite	schnell	quickly	rápido	presto	rápido
vivre	leben	to live	vivir	vivere	viver, existir
vocation	Berufung	vocation	vocación	vocazione	vocação
voilà	da	there you are	¡ he aquí !	ecco	eis, ali está, aí está
voir	sehen	to see	ver	vedere	ver, olhar
voiture	Wagen	car	coche - auto	macchina	carro, viatura
volontiers	gern	willingly	de buena gana	volentieri	de boa vontade, com muito gosto
votre/vos	Ihr, Ihre/ihr/ihre/euer/eure	your / yours	vuestro/a - vuestros/as	il vostro/la vostra/ i vostri/le vostre	vosso, vossa seu, sua
je voudrais	ich möchte	I would like	quisiera	vorrei	eu queria
vouloir	wollen	to want	querer	volere	querer
vous	Sie/Sich/ihr/euch	you	usted/es - vosotros/as	voi	vós, vos, você
voyage	Reise	journey	viaje	viaggio	viagem
voyager	reisen	to travel	viajar	viaggiare	viajar
vrai/e	wahr	true	verdadero/a	vero/a	verdadeiro/a, verídico
vraiment	wirklich	really	realmente	veramente	verdadeiramente, realmente
point de vue	Standpunkt/Gesichtspunkt	point of view, viewpoint	punto de vista	punto di vista	ponto de vista

W-X-Y-Z

y	–	there	ahí - allí	ci	aí, alí, lá
zone	Zone	zone	zona	zona	zona
ZI/zone industrielle	Industriezone	industrial zone	zona industriale	zona industriale	zona industrial

Aubin Imprimeur

LIGUGÉ, POITIERS

Achevé d'imprimer en mai 1997
N° d'édition 10040317-(IV)-(21)-OSBN 80
N° d'impression P 53561
Dépôt légal mai 1997 / Imprimé en France